茶煙歇

范煙橋的人生見聞

范煙橋・原著　蔡登山・主編

茶煙歌

吴江 范煙橋

酒力醒；茶煙歌，
卌年聞見從頭說。
等閒白了少年頭，
講壇口舌；文壇心血。

煙橋，鴟夷室

【導讀】

多才多藝的范煙橋和《茶煙歇》

蔡登山

夜上海　夜上海　你是個不夜城
華燈起　車聲響　歌舞昇平
只見她笑臉迎　誰知她內心苦悶
夜生活都為了衣食住行
酒不醉人人自醉
胡天胡地磋跎了青春
曉色朦朧　倦眼惺忪
大家歸去　心靈兒隨著轉動的車輪
換一換新天地　別有一個新環境
回味著夜生活　如夢初醒

「金嗓子」周璇運腔使調，透過天籟般的聲音，將燈紅酒綠的都市風光，香醇濃郁的海派風情，唱成了永恆。〈夜上海〉這首歌在一九四七年六月號的《青春電影》上這麼記載：「茲據百代唱片公司的負責人某君談起唱片的銷路，也說逢到外地來購買唱片時，他們都異口同聲指定要周璇灌唱的影片《長相思》中的〈夜上海〉、〈黃葉舞秋風〉等片，銷路之暢，突破以前各片記錄。就是舊的，也是她占最大多數，單單她的版權收入，一年也要近兩千萬之數。」「歌仙」陳歌辛作曲，范煙橋作詞的〈夜上海〉，寫出大上海的紅粉流鶯，被周璇輕輕淺淺的唱了個完滿，任以後多少人翻唱都唱不出那種涼而不悲乍喜還憂的韻味兒。范煙橋的詞，寥寥幾筆就是一幅前緣後果的畫卷，它正顯示出范煙橋的才華橫溢。他雖是中國的舊式文人，但卻是樂於接受新鮮事物的作家。在文史研究與小說、電影、彈詞、詩歌、作詞、猜謎等雅俗新舊文學領域多有建樹。他是電影編劇，還是流行歌詞的寫手，周璇的〈夜上海〉和〈花好月圓〉就出自他的手筆。如果說林夕的作詞是有古意的話，那麼范煙橋不用去尋，去擬，他自己就是古意。煙波畫橋，雨絲風片，歲月於他，只添醇香。

筆者根據吳江市文學協會理事徐宏慧提供的生平，參考鄭逸梅及其他資料，梳理出他跌宕起伏的一生。范煙橋（一八九四－一九六七），名鏞，字味韶，別署含涼生、鴟夷、萬年橋、西灶、喬木、愁城俠客等。因敬慕南宋詞人姜夔，取其詩句「回首煙波第四橋」（〈過垂虹〉）中的「煙」、「橋」兩字，合而為號。一八九四年七月三日，范煙橋出生於吳江同里的一個書香門第。其父親范葵忱為江南鄉試舉人。在其年幼時，囑其讀經書，但范煙橋不喜經文，卻愛讀母親嚴雲珍所藏的彈詞和小說。

一九〇七年，十四歲的范煙橋就讀於同川公學，成為金松岑的學生之一。金松岑是清末四大譴責小說之一《孽海花》前六章的作者，後來他的學生曾樸，接過老師無心寫下去的小說，而暴享大名。金松岑除教古典文學外，也講解梁啟超翻譯的《十五小豪傑》、包天笑翻譯的《馨兒就學記》。范煙橋說：「因授課甚嚴，常須勤讀，故得文章奧竅。」好友鄭逸梅說：「他在同里，從耆宿金鶴望（松岑）遊，喜發表文章，和同鄉張聖瑜發行油印新聞紙，初名《元旦》，繼改《惜陰》，又擴充為《同言》，經二三載，地方人士竟視為輿論所寄，且改用鉛字排印，為吳江報紙之首創。」有人考證，油印的《元旦》為三日刊，《惜陰》是日刊，但俱佚。改名《同言報》並用鉛印，始於宣統三年（一九一一）五月間。由此推算，范煙橋辦油印小報《元旦》的時間當在一九一〇年或更前一年，年齡只有十六歲。

一九一一年，范煙橋以優異的成績考入吳長元公立中學（蘇州草橋中學前身）。這時，同學少年，才俊雲集，有後來成為歷史學家的顧頡剛、文學教育家的葉聖陶、畫家的吳湖帆與陳俊實、書法家的蔣吟秋、作家的鄭逸梅、小說家的江鑄（紅蕉）等。范煙橋因仰慕陳去病、柳亞子等人成立的南社，也與徐平階、張聖瑜等人在先賢袁龍復齋共創「同南社」。一個「同」字表明旨意與南社相同；另一方面表明是同里人主辦的以文會友的文學團體。一時上海、無錫、鹽城、海寧等地，大江南北入社者有五百餘人，影響很大。范煙橋所辦的刊物為《同南社社刊》，兩年後，油印改為鉛字排印，每年一冊，直至十冊，格式也仿《南社叢刻》分錄文、詩、詞三部分。稍後，范煙橋由柳亞子介紹加入了南社。

一九一二年，蘇州草橋中學復課，范煙橋到蘇州繼續讀書，因學校發生學潮，校方與學生相持不下，范煙橋輟學回鄉。秋天轉入杭州之江學堂，翌年改入南京民國大學，二次革命爆發，學校遷上海，范煙橋沒有隨去，自此結束學生時代。一九一四年，范煙橋到吳江八坼第一小學任教，此後任八坼鄉學務委員、吳江縣勸學所勸學員、吳江縣第二高等小學歷史教員、第一女子小學國文教員等。

在此期間，他向上海《時報》副刊《餘興》投稿，得到主編包天笑的賞識，約其寫稿，范煙橋就寫了彈詞《家室飄搖記》十回，諷刺袁世凱欲做皇帝夢，這是范煙橋第一次向外投稿，並獲成功；幾乎同時，范煙橋也學寫小說，他向王西神的《小說月報》投了幾篇短篇小說，後來發表了，從此開始涉足小說領域。而繼《同言報》後，范煙橋於一九二一年元旦改辦《吳江報》，八開四版，始為半月刊，後為週刊，辦報宗旨是廣開言路，活躍思想、抨擊黑暗社會、改良社會。其間共歷時五年餘，出了兩百三十一期。它是吳江縣創辦較早的報紙之一，也是一張有地方特色的報紙。

一九二二年范煙橋隨家遷居蘇州，同南社社務遂告停頓。在蘇州期間，他與蘇、滬、錫報界文人密切交往。他說：「時上海報刊風起雲湧，嚴獨鶴主編《新聞報》副刊《快活林》及《紅》雜誌，周瘦鵑主編的《申報》副刊《自由談》及《半月》雜誌，畢倚虹主編的《時報》副刊《小時報》，江紅蕉主編的《新申報》副刊《小申報》，先後約余寫短篇小說及小品文。《小說叢報》、《小說世界》、《紫羅蘭》、《遊戲雜誌》、《星期》、《紅玫瑰》、《家庭》、《紅》雜誌等咸來約為撰述，日寫數千字以應。」這是范煙橋創作勃發的時期。

同年，范煙橋在蘇州與趙眠雲組織文學團體「星社」，他在〈星社感舊錄〉裡追憶當時的情景：「當民國十一年間我離開故鄉，移居吳門時，首先和趙眠雲相識。那時他正是張緒翩翩，而且在胥門開著趙義和米行，不是寒酸的書生。既然臭味相投，自然一見如故，便接連著酒食爭逐了好幾回。在七夕的那一天，他約我和鄭逸梅、顧明道、屠守拙、孫紀于諸君以及族叔君博到留園去。我和姚賡夔（蘇鳳）及舍弟菊高同去，在涵碧山莊閒談。大家覺得這一種集合很有趣味，就結成一個社。我說：『今夕是雙星渡河之辰，可以題名為星社。』星社就這樣有意無意之間誕生了。……（成立後）常作不定期的集合，所談的無非是文藝而已。同聲相應，同氣相求，自然陸續有人來參加，我們並無成文的章則，只要大家話得投機，也就認為朋友了。」他們編《星報》，共出二十五期。一九二三年夏季，改出《星光》雜誌，三十二開本，是不定期刊物。《星光》分上下二集，約十萬言，計刊短篇小說二十四篇。上集所載的小說十二篇，作者是：范煙橋、程小青、王西神、何海鳴、袁伯崇、畢倚虹、姚賡夔、俞天憤、徐卓呆、姚民哀、王天恨、張慶霖。下集為周瘦鵑、江紅蕉、徐枕亞、程瞻廬、吳雙熱、貢少芹、許指嚴、范菊高、顧明道、范佩萸、鄭逸梅、蔣吟秋。封面題簽趙眠雲，由胡亞光繪仕女。編輯者范煙橋、趙眠雲，且每篇附有作者照相和小傳，這是很別緻的。「星社」從開始的九人發展至一百餘人。在星社十周年之時，《珊瑚》第八期上，范煙橋寫一紀念文：「我們星社始終能精神團結，比旁的文藝團體悠久而健全，社友們這幾年來在文藝工作上都能相當的努力」。

一九二六年，范煙橋去濟南助編《新魯日報》副刊《新語》。一九二七年回蘇州，期間斷斷續續用了三年時間，完成二十餘萬字的《中國小說史》，十二月由蘇州秋葉社出版，小說林書店經售，此書出版影響很大。它收羅的範圍較廣，包括戲劇、彈詞、鼓詞等講唱文學，翻譯小說，新文學與舊派小說及電影等藝術形式。范煙橋這書明顯受到他的老師金松岑的影響，因為金松岑認為：「小說實包括戲曲彈詞也。蓋戲曲與彈詞，同肇於宋元之際，而所導源，俱在小說。」

一九三二年范煙橋受聘到東吳大學講授小說課程。為了講課方便，他撰寫了作講義用的《民國舊派小說史略》十萬字。他把小說劃分為兩大類：一類是舊派小說，包括鴛鴦蝴蝶派、武俠小說，代表人物周瘦鵑等；一類是新派小說，即是政治小說、平民小說，代表人物魯迅等。一九六一年整理定稿後被魏紹昌編進《中國現代文學資料叢刊（甲種）》。同年，范煙橋與小說林書店主人葉振漢合辦《珊瑚》半月刊，范煙橋任社長和主編，自一九三二年七月一日至一九三四年六月，共出四十八期，由上海民智書局發行，還發行到日本、朝鮮、緬甸。書為三十二開本，封面每期只換顏色、數字，不換圖案，但刊名《珊瑚》兩字的書法題簽，則逐期更換，如于右任、陳去病、柳亞子、金松岑、吳癯安、胡樸安、侯疑始、葉恭綽、陳石遺、陳樹人、邵力子、鄧邦述、吳湖帆、王西神等，都曾為題簽。范煙橋在《珊瑚》的發刊詞〈不惜珊瑚持與人〉中指出：「國難未已，隱痛長在，那裏還有心緒談那不急之的文藝，這是應有的責難。可是仔細想一想，這話也未必盡然，因為救國不能專持著鐵與血，世界上有把文化來作為侵略工具的，那麼我們可以把文化來救國！但是珊瑚半月刊雖有這偉大的抱負，實際上覺得力量太微細，只好竭我們的心力，盡我們的責任……。」范煙橋《珊瑚》創刊在「九一八」事件後，刊登了〈抵抗日記〉、〈國難家仇〉、〈紀念九一八〉等抗日檄文。

一九三三年，范煙橋以歷年筆記整理成專集《茶煙歇》，由中孚書局出版。《茶煙歇》由章太炎、吳湖帆題字作扉頁，范煙橋自己的題辭是：「酒力醒；茶煙歇，四十年閒見從頭說。等閒白了少年頭，講壇口舌；文壇心血。」該書收集了范煙橋近四十年的見聞，兩百多篇隨筆，在這茶煙繚繞的背後有多少前塵往事在他筆下誕生，說的是近代風雲人物，各地小處美食，登山遍覽之情，拍盡欄杆之意。人物軼事，如況周頤、石達開、翁松禪、胡雪巖、陳蛻庵、蘇曼殊、汪笑儂、畢倚虹、吳湖帆等；另有小說家言，如《孽海花》、《三笑》、《珍珠塔》、《儒林外史》、《品花寶鑑》等；還有飲食之道和典故，如談拙政園、燕子磯、瞻園牡丹、莫干山日出諸景物，述碧螺春、雞頭米、麥芽塌餅、閔餅、狀元糕、鴨餛飩與喜蛋等。該書首篇，就說道他的住所，「臨雅舊宅」是元代文學家顧阿瑛的私宅，後來為清代進士顧予咸「雅園」所有，再到後來為范煙橋父親所買下。范煙橋曾寫到「我家有院，有假山數垛，頗嵌空玲瓏，有池雖天旱不涸，有榆樹大可合抱，其他梧桐、臘梅、天竹、桃、杏、棕櫚、山茶，點綴亦甚有致。」元代修葺的老宅，風雅固風雅，但絕不富麗奢靡。在這間老宅、這方小園裡，范煙橋得到了極大的樂趣與庇護，這個小小的宅院裡幾乎容納了他人生所有的繁華、跌宕。《茶煙歇》所述均為其數十年間所經歷之事，又多涉及南社風流，說林軼趣，尤屬娓娓動聽，堪稱掌故筆記之佳著也。

一九三六年，范煙橋至上海，任明星影片公司文書科長，是他與影劇界接觸之始。一九三七年抗戰爆發，明星影片公司停業，范煙橋回到同里避難。一九三九年，他根據葉楚傖的小說《古戍寒笳記》改編為電影劇本《亂世英雄》，這是為國華影業公司所編。一九四〇年任金星影業公司文書，那段時間他與張石川導演合作，改編電影劇本《秦淮世家》、《西廂記》、《三笑》等。其中《秦淮世家》是根據張恨水的同名小說改編，當時金星影業公司因拍攝《李香君》耗去公司資本的一大半，如果《秦淮世家》再不能賣座，公司勢必倒閉。因此范煙橋在改編劇本時，傾注了許多心力，再加上張石川的導演功力深厚，影片上映之後，賣座率超過了戰後上映影片的紀錄，連續放映了三百多場，轟動一時，使瀕於倒閉的金星影業公司轉危為安。《西廂記》、《三笑》都是國華影業公司出品的，都由周璇主演。鄭逸梅說：「時金嗓子周璇參與電影工作，在古裝片《西廂記》中飾紅娘一角，『拷紅』中有一段唱詞，即由煙橋編撰，嬌喉婉轉，大有付與雪兒，玉管為之迸裂之概。且灌了唱片，因此男女青年，都能哼著幾句。」「夜深深，停了針繡，和小姐閒談，就聽說哥哥病久。我倆背了夫人到西廂問候。他說夫人恩作仇，教我喜變憂。他把門兒關了我只好走，他們心意兩相投。夫人，你能甘休便甘休，又何必苦追究……」是曾經風靡一時，時至上世紀八十年代，街頭巷尾還不時飛來〈拷紅〉之歌，真可謂一曲〈拷紅〉傳千古也。電影除了〈拷紅〉外，還有〈月圓花好〉、〈蝶兒曲〉、〈嘲張生〉、〈團圓1〉、〈團圓2〉、〈長亭送別〉都是范煙橋作詞，周璇演唱的。《三笑》是根據程瞻廬的小說《唐祝文周四傑傳》改編，寫才子唐伯虎的風流韻事，其中以歌曲代替一部份對白，最有名的是〈點秋香〉，由周璇、白雲、白虹演唱，以尖酸刻薄的口氣惹人笑、又討人罵，表現出范煙橋詼諧的一面。

一九四一年范煙橋又創作了電影劇本《無花果》，採用蘇州評彈音樂做為影片主題歌，首次大膽嘗試，取得了很大的成功。此後他還寫過古裝影片《釵頭鳳》的主題歌〈籠中鳥〉。又編寫電影劇本《解語花》，由周璇主演，歌詞仍由范煙橋所寫，其中插曲〈天長地久〉最為人所熟知，歌詞極長，一韻到底，分為眾人唱（周璇的聲音很突出）、與男（姚敏代男主角白雲唱）女對唱及大合唱。一九四七年，所撰電影劇本《陌上花開》，經洪深、吳仞之修改，由香港大中華影業公司攝製，易名《長相思》，由周璇主演。片中有〈燕燕于飛〉、〈黃葉舞秋風〉、〈花樣的年華〉、〈夜上海〉、〈星心相印〉、〈凱旋歌〉、〈童歌〉等歌曲，均為范煙橋作曲，周璇演唱。學者洪芳怡在《天涯歌女——周璇與她的歌》書中說：「這部電影中周璇的演技不算出色，影片受歡迎的關鍵在於為數眾多的歌曲之品質。歌曲內容以『夜上海』點出賣藝歌女的矛盾，描述歌女外表的光鮮、對照內心的掙扎與辛酸，貼切地映照著影片中女主角的困境，期待著告別糜爛、朝向光明的未來；用字典雅，音樂部分有著豪華的質感。」

范煙橋是擅於寫歌詞的，聽說一九四八年夏天江南流行兩首歌。市上賣的紙團扇一面印的是仕女風光，另一面是兩首歌中的一首：不是〈四季美人〉就是范煙橋作詞的〈三輪車上的小姐〉。歌詞是：「三輪車上的小姐真美麗，眼睛大來眉毛細，張開了小嘴笑嘻嘻，淺淺的酒窩叫人迷。在他身旁坐個怪東西，年紀倒有七十幾，胖胖的身體大肚皮，滿嘴的鬍子不整齊，一身都是血腥氣。你為什麼對他嗲聲嗲氣，她憑什麼使你那樣歡喜。這究竟是什麼道理？真叫人看了是交關惹氣。」風靡的程度，連小孩都能唱。

張永久在〈范煙橋的苦悶〉文中這麼說：「一九四九年是范煙橋人生中的一個轉捩點。四月二十七日，解放軍渡江南來，進入蘇州城，范煙橋手搖一面小彩旗，擠在歡迎的佇列中，面含微笑。但是他的內心卻是疑惑的，最隱秘的深處甚至還有一絲惶恐不安，他不知道自己過慣了的那種舊式文人的閒適生活，將在新的社會裏如何延續；大地上熱火朝天的紅色浪潮，能否容得下溫家岸那個恬淡的書齋。經歷了短暫的沉靜，范煙橋還是加入了大合唱。一九五〇年，他先後為評彈演員唐耿良寫《太平天國》，又為《新民晚報》副刊寫反映新人新事之短篇評彈與開篇。范煙橋不擅長那種『歡樂頌』式的政治抒情，便利用彈詞試圖參與到寫工農兵的行列，他把這些創作自嘲為『舊瓶裝新酒』。可是在新文學陣營的眼裏，范煙橋的『新酒』卻是一瓶壞酒，品味不純，連范煙橋自己也覺得不合適宜。而在另一方面，他的一些流落海外的舊時友人又面露疑惑：范煙橋如今握在手中的，可還是寫〈夜上海〉、〈花好月圓〉、〈拷紅〉的那支筆？此後他轉向歷史尋找詩意，創作的作品有《唐伯虎外傳》、《李秀成演義》、《韓世忠與梁紅玉》等。正像其友人回憶的那樣：在新文壇上，他並沒有那麼活躍，也不大參加社會活動，大部分的時間悄悄用在整理舊稿上，很少為報刊寫應景的『豆腐乾』，有時候礙於面子答應下來，也始終難得見他交稿，編輯催稿時，他總是恭謙地彎腰應答：『實在抱歉，最近工作忙……』一臉的笑容可掬，難掩內心的苦澀。接下來，范煙橋的那隻舊瓶，更是不敢輕易再裝新酒了，直至走完他的一生。」

「文革」期間，范煙橋與周瘦鵑、程小青被列為鴛鴦蝴蝶派的「三家村」而成為批判的對象，受盡折磨和凌辱。聽說他為避免釀成更大的災禍，把他一生視為心血的所有著作，包括從一九一五年起五十年沒有間斷的日記、手稿、信札、書籍在園中假山洞裡付之一炬，火連續燒了三天！著作、藏書沒了，范煙橋的魂也沒了。哀莫大於心死，他從此沉默寡言，半年多後的一九六七年三月二十八日在憂鬱中因心肌梗塞病逝在蘇州寓所，終年七十四歲。

對於當時的喪禮，鄭逸梅這麼說：「煙橋交遊甚廣，一定素車白馬，弔客盈門，豈知不然，除家屬外，往弔者僅周瘦鵑一人，瘦鵑深歎涉世如蜀道之難！人情比秋雲之薄，實則其時株連羅織，哪裡有人敢來執紼，敢來奠觴。不久，瘦鵑被迫投井，除家屬外，弔者並一人而無之。」真是令人不勝噓歔！

題辭

跂腳茶亭納晚風，鴟夷孫子滑稽雄，
吾生亦有陽狂癖，醉墨撩人似戲鴻。

金鶴望

四顧蒼茫百感生，珊瑚擊碎氣縱橫，
筆尖能掃千軍陣，小范胸中有甲兵。

包天笑

茶煙歇候鬢絲青，娓娓清言入杳冥，
不學羽琌孤憤語，珊瑚擊碎有誰聽！

柳亞子

煙橋四十造像

利鈍平生未計論，
景斜寸草有餘春。
樂天鬢髮初添白，
山谷文章豈更新；
頹醉反教心氣定，
飛騰恐失性靈真，
珊瑚網散茶烟歇，
四十心如七十人。（借樂天句）

四十初度日
煙橋寫於鴟夷室

沁園春　自題茶煙歇

酒侵人天，墨磨歲月，四十今年。念江上聽潮，海邊話雨，梁溪濯浪，歷下尋泉。駑鈍傭書，饑驅掉舌，遊屐奚囊亦勝緣。歸來矣！賸茶烟一縷，煮夢花前。

筆尖寫稗能圓，便落紙疏空要惘然。記故國芳塵，家鄉蓴味，豆棚野語，塵座清言。媚世何能，罵人無術，意在不夷不惠間。私心喜，儘文壇敗卒，老有餘妍。

煙橋填詞

目次

鄰雅小築

大人買屋吳門，以東偏斗室無題額，命為擬之。余曰：「鄰雅小築可乎？」考《志》稱：清初顧予咸居史家巷，其東偏曰雅園。按其遺址，與余家後園相近，雖雅園已就蕪，而里巷稱傳，未嘗泯忘也。予咸自記，有云：「予家茲里，里中有曠土，俗名野園，余拮据數年，粗成小築，易野為雅，從吳語也。」

余家初居吳趨，甲申變後，遂移同里，今復歸城市，易野為雅，可以自況。予咸幼子嗣立有秀野草堂，亦近是地。嗣立字俠君，文名滿南國，朱竹垞《秀野堂記》所謂：「俠君築斯堂，倧群雅也。」嗣立有戊辰三月秀野草堂落成，偶題東壁詩，寫泉石之勝，息遊之樂甚備。

今余家方泓瀦水，奇旱弗涸，老樹參天，濃陰長蔽，幾為秀野草堂之遺，則鄰雅之義，未嘗無當耳。惟今之所謂雅園者，土阜高出層樓，其下皆甕牖蓬戶，藏垢納污，所在而是。當時林木，已無多痕迹，則又當易雅為野，遐想古人，低徊不盡。

香蕉與酒

陳佩忍先生於某年至厓山，訪故宋遺蹟，殘山剩水，一片蒼茫。詢諸土人，謂山上有國母祠，蓋祀楊太后也。既登，欲得杯酒以祭，出雙銀毫予司事，命沽酒來，司事為粵人，誤酒為蕉，越時負巨株至，累累滿穗，皆香蕉也。乃笑而與司事分食之，後為孫中山先生所聞，每與佩忍先生共酒食，必以此相嘲云。

洗城會

光復後，蘇州有一巨案，其主人翁為蒯際唐佐同兄弟。蒯為香山人，世業營造，積資買宅城北馬大籙巷。蒯頗與聞革命事，辛亥迫程德全獨立，蒯與海上同志之力為多。後陳以政出多門，遇事有掣肘之感，乃以督練公所改參謀廳，位置此輩。蒯等非之，時與滬軍都督陳其美相聯，有去程之議，為程所聞，即以洗城會之罪相加，偵騎圍蒯宅，誘際唐出捕之。

時佐同居海紅坊，亦為捕去，立即槍殺，宣布罪狀，謂蒯等將洗劫蘇城也。蘇人信之不疑，沈冤近二十年，迨國民革命軍起，際唐之子大權，請表彰，其事遂大白。蒯氏自遭此厄，家日落，故居且待價而沽。余家曾僱一乳傭，為際唐之從妹，已嫁為勞工婦，言當時擾攘之狀甚悉，一人匿樑上，亦為瞥見捕去，有人電南京留守黃克強乞援，黃電令程緩刑，已無及。聞平時程對蒯氏貌甚恭，不虞其猜忌至是也。

蘇州頭

蘇州頭，揚州腳，為以前女子所艷稱。光復後，尚天足，揚州之腳，便成落伍，蘇州之頭，依然不減其聲譽，雖曾有數度之變更，而光滑可鑑之致，猶未失其向具之美點。有貧家婦專執此業者，稱梳頭娘姨，日蒞理髻，月取一二金不等，蘇州女子之愛其頭。亦云至矣。自截髮風行，蘇州之頭，起大變化，雖小家碧玉，亦鮮有蟠雲簾下者矣。

鴿之性道德

兒輩自外家攜二鴿歸，一灰色；一白色而黑尾，合處籠中，粥粥如雞雛，去其豐羽，恐其破籠飛去也。鄰有甲，愛鴿成癖，故能知鴿性，見余家二鴿曰：兩雌不殖，且易消瘦，宜為之擇偶，他日以一鴿來，雄也。處兩雌間，初弗諧，既而與灰色者暱，白色而黑尾者避之若浼，後雄者不容其同食，每以喙啄其冠，冠羽片片落，血涔涔下。雄者猶弗舍。甲至，謂宜去白色而黑尾者。如其言，果兩兩相安，時比翼親暱如人之有畫眉之樂也。

長春宮之剩粉殘脂

陳佩忍先生於十四年北上，參與清宮古物之整理。於長春宮見宮女內室有高底繡履，錯雜於地，几上案邊，亦遺下脂盒粉奩，紅白斑爛，有如落花狼藉，復於宮外遇一宮女，垂辮插花，長袍高履，別有風韻，據云：此是平時裝束，若逢令節，至各宮后妃處慶賀，則垂辮者須易為蟠雲高髻也，溥儀出走，較之後主之揮淚對宮娥，更為匆迫，若輩長在深宮，無一技之能，一旦被遣，何以生活，故有墮落而為神女者。

豆餅

無錫人稱葉子戲為豆餅，或云係鬥併之諧聲，言各以零牌鬥出俾併合成對，猶之蘇州人稱馬弔為碰和也。或云為鬥牌二字之轉變。戲時須得四人，一人洗牌，牌置銅船中，其式如靴，依次取牌，鱗比手指間。牌之兩端繪點，中飾五彩，或天官，或美人，不譎其名。他處鮮有嫻此者，梁鴻溪畔，則家喻戶曉，傾蓋相逢，每以「日來曾喫豆餅未？」為問，不悉者必驚愕，因豆餅為農家肥田飼牛之物也。

殘餘之蘋果

馮玉祥逼宮時，溥儀夫人方讀英文本之物理，見糾糾桓桓者至，即倉皇出走，並以鉛筆記一符號於物理書。有人以此書饒有歷史意味，願以重金得之，惜紛亂中已失所在矣。聞當時為物理書之良件，尚有一殘餘之蘋果，後之入宮者，猶及見之。

《三十三年落花夢》

《三十三年落花夢》，為日本社會黨首領宮崎寅藏所著，以白浪庵滔天署名。其人與孫中山先生有虬髯李靖之遇。是書前半述其個人生活，後半則為贊助中山先生革命運動之工作，雖為記事。頗具小說色彩。光緒壬癸之際，金鶴望師行吟海上，與志士哲人周旋，得是書而善之，乃譯為中文，以付鉛槧，鶴望師不甚悟日文，乃倩薛公俠師為之助。書中有一語云：「當時長崎同人有一奇怪不可思議之會社曰製糞社。」譯時於製糞之義，頗費躊躇，卒以不失其真仍之。

船娘

蘇州船娘，艷著宇內，與秦淮桃葉媲美。故《吳門畫舫錄》班香宋艷，與《秦淮畫舫錄》同為花史巨製，開《教坊記》、《北里志》之生面。近時頓見衰落，雖畫舫依然，而人面不知何處去矣！

嘗見某筆記云：清人入關，頗不喜女閭，於是鶯鶯燕燕，悉避諸舟中，因舟中佳麗獨弗禁，遂成習慣而產生一船娘之名詞。當時悉在七里山塘間，一舸容與，群花招展，指點景物，品量容顏，往往竟日不足，繼之以燭，因此有熱水船之稱，意謂柔櫓撥水，殆將騰騰有熱氣焉。洪楊後，尚有數舫載艷，惟已變舊時體制，主觴政者多為枇杷巷中人，僅以船菜博人朵頤。然春秋佳日，亦頗多主顧，夏初，黃天蕩賞荷，更排日招邀，自廢娼後，無復「畫船簫鼓夕陽歸」之況矣。

西山訪古記

吳中風俗醇厚，景物清嘉，故近年失意巨公，多來買宅，以遂初服，騰越李印泉先生其一也。印泉先生自黃陂退政後即無意功名，於吳中買中軍舊著為宅，奉母闞氏以居，稱闞園。甲乙之際，吳中名流有九九消寒之集，印泉先生亦題名入社，雖不工詩，而興獨豪，健於談，寫漢隸，愈大愈見古樸，寒山寺大雄寶殿額，自許為得意之筆。

十五年春，報紙喧傳黃陂將復為八十三日之總統，李已微行北上，參密勿矣。其實此時，乃雇舟，挈健僕，往太湖訪古名人墓也。越二十餘日歸，流言始息。是行有《西山訪古記》十餘萬言，並謂一日感腐草薰蒸之氣，作三日嘔，然休息一日，復往山中蹤跡如故。一夕假寢，忽見人影憧憧，羅列舟前，凝神視之，不復可睹。惟隱約中似有一紅袍烏帽者，向之微笑，甚以為異。起坐草《日記》，微倦，復欹書作枕，兩目再瞑，而群影復見，紅袍烏帽者，且張吻欲言矣，一瞬即逝，聞者咸謂古人感其發幽闡微而來。一時傳為佳話。

李克用廟聯

吳聞天君囑撰李克用廟聯，閱《五代史》，於克用一生，殊未有關涉南方事蹟，何由廟食，不可思議，姑摭取其生平成一聯云：「神儀龍目，軍號鴉兒，代北書年奉天祐。勞績封王，世恩賜姓，江南廟食報公忠。」

雲社

十七年春，余至海上，常與舊雨新知飲於方壺酒家，乃有「雲社」之集，余初題此名社，以為同是客中，有如雲合，當時即有雲散風流之恐，不意未逾兩月，果成讖語。黎里顧悼秋君曾有〈洞仙歌詞〉記始集之盛，余次其韻云：「可憎文字，緣業何從記，東海漚邊看雲起，喜新知初識，舊雨重逢，江南好，又春暖如酥天氣。近游修禊，便意在龍華，欲問桃華幾年紀？更剪取吳淞，收入奚囊還添上遙山翠髻，況出岫無心，漫行空，且隨遇而安，逢場作戲。」因余南歸未久，覺南柯之夢，歷歷心頭，此後生涯，不復走向熱鬧道場中矣。

況蕙風髦年置妾

況蕙風詞人夔笙，況青天之後裔也。十四年秋，以嫁女來吳門，即賃廡海潤里以居。一時就而問字者，車闐窮巷。歲暮，忽欲得添香侍硯之媵，示意於故舊，乃為覓一理髮匠女以獻。

時吳中有九九消寒會，聞其艷事，置酒怡園為詞人賀。席間，詞人以箸擊桌當紅牙檀板，歌〈長生殿・絮閣〉，並謂鈿盒金釵，固不及荊布之天長地久也，闔座以為至言。金鶴望師賦七律一首云：「吳中多麗嫁量珠，桂海才人老厭儒，（原注：舍人自言厭見道學先生。）樂府舊傳三影句，閨人新譜十眉圖。春生酒面觥船窄，風動梁塵笛韻紓，大好名園鬥妍唱，〈賀新郎〉調我終輸。」後吳瞿安先生賡詞人而歌，尚書巷中作李謩附牆而聽者，不乏其人，故詩尾及之。

越日，鶴望師復填〈換巢鸞鳳〉一闋記之：「三九梅嬌，正春來櫻廡，月度皋橋，旅吟題角枕，法曲媚瓊簫，瘦金書體學纖腰，可人未來，詞魂耐銷，蟾圓近，看畫燭倚窗凝照。情悄，思渺渺，霜鬢老仙，吳語通襟抱，擁袖蕉寒，彈鬟星澀，惱我憨詞狂草。丹橘團圓，捧嬌兒，揣懷忘卻張先老。（原注：席間余拈得抱子橘，獻之舍人，舍人三揖而受，納之懷，闔座鼓掌。）明燈前，醉無歸，霜角催曉。」詞人著有《餐櫻廡筆乘》，故云春來櫻廡也。

日人之食色

有旅日者言，日人飲食，午餐多冷食，以米為常，農民多雜以麥，九州有粟飯，陸奧有稗飯，四國有蘿蔔飯，薩州及其他有甘薯飯。火車中有售「便當」者，為長方形之木片匣，形似中國中秋節之月餅匣，置兩菜，大都為鮮魚蛋糕，然取價須四五十錢，生活程度之高如此，宜拓殖民生之念，每飯弗忘矣。

近年日本女犯多犯甃兒罪，一以生計日艱，不堪教育撫養之擔負，一以生產痛苦，為不嫁主義所鼓動。故前年山格爾夫人赴日，演講限制生育，為日政府所監視，蓋與野心家生殖維繫之旨不相能也。

侯葆三

錫山侯葆三，今之奇人也。以一無憑藉之身，與艱難相奮鬥，興競志女學，造就女才子何啻千輩，遍遊海內，五嶽已遊其四。曾於前年撰〈五十無量劫反省詩〉，蓋年譜之變體也。戊子十七歲一首中有句云：「瓜訓炎涼增我戚，豆渣風味更誰憐？不堪糊麵分餐晚，燈火酸辛井竈前。」注云：「盛暑自市購西瓜歸，母曰：『世態炎涼，尚須忍耐，豈氣候之暑，不能耐耶！』隆冬，母子妹姪常以豆渣用藏鹽拌以當蔬，米罄則購麵成糊食之。」其清貧困苦如此。

簑衣真人

簑衣真人殿，在玄妙觀中，相傳簑衣真人為清初觀中羽士，有幻術。觀前橋下醬鴨肆，屢欠賃金，羽士向索不得，夜以瓦置肆前，明日，肆無顧客，如是者三日羽士復向索，肆主曰：「三日不得一主顧，所備俱腐敗，損失更甚，何以籌措？」羽士曰：「能清所負，當為禳解。」肆主如言，羽士去瓦，翌日門庭若市，途人相顧言：「此肆三日閉戶，今復新張矣！」

又狀頭彭廷球有事須北上，計時日恐弗及，謀於羽士。羽士曰：「公舟啟椗，即堅閉篷窗，勿使洩漏，如覺風濤聲，戛然而止，則已至矣。」廷球諾之，或竊覷羽士何所為，則供桌下置巨盆，注水製紙舟，飄浮其上，與《聊齋》所述同。後廷球返，言是役行程固倍速，故彭氏歲首必詣簑衣真人殿拈香云。

孫春陽

蘇州城外南濠有南貨肆號孫春陽，燬於洪楊之劫。始創於明季，有地穴，藏鮮果，不及其時，可得異品。初有友與合資，忽夢孫春陽縊戶外，覺而惡其不祥，走孫所，欲毀約，孫許之，即以姓名為肆號，懸戶外，至是，其友始悟夢言之徵在是矣。營業頗盛，明亡，有持萬曆年間所發之劵，往易貨物，肆中人立付之，不稍遲疑，自是名益著，獲利不貲。

《一文錢傳奇》

王應奎《柳南隨筆》云：「虞山徐復祚字陽初，博學能文，尤工詞曲。錢牧齋題其小令，以高則誠為比，傳奇若《紅梨》，《投梭》，《祝髮》，《宵光劍》，《一文錢》《梧桐雨》諸本，至今流傳於世，又傚陶九成《輟耕錄》作《村老委談》，原本三十六卷，今存六卷。」《一文錢傳奇》蓋譏其族人徐啟新而作。

《柳南隨筆》又云：「啟新居徐市，書室與竈僅隔一垣，嘗以緡繫脂，懸於當竈，而緡之操縱，則於書室中，每菽乳下釜，則執爨者呼曰：『腐下釜矣！』乃以緡放下，纔著釜，聞油爆聲，即又收緡起，恐其過用也。為子延師，而供膳甚菲，村中四五月間，人多食蛙者，然必從市中買之，啟新以蟾形類蛙，而階下頗夥，即命童子取以供師，每午膳，師所食者，止葷蔬二品，一日加豆膩一味，豆膩者，以麵和豆共煮者也。師既食畢，疑而問其童子曰：『今日午膳，何於常品之外忽加豆膩？』童子笑曰：『此豆乃犬所竊瞰者，既而復吐於地，主人惜之，故取以為食。』師以其穢，為之吐嘔不止。所畜雨具，有革履三隻；一留城，一留鄉，一隨身帶之，蓋防人借用也。嘗命籃輿山遊，自北至西，諸名勝遍歷，輿夫力倦，且苦腹餒，啟新出所携蓮子與輿夫各一，曰：『聊以止飢。』輿夫微笑，蓋笑其所與之少也，而啟新誤以為輿夫得蓮子故喜，即曰：『汝輩真小人！頃者色甚苦，得一蓮便笑矣。』又嘗以試事至白門，居逆旅月餘，而所記日用簿，每日止腐一文，菜一文，同學魏叔子冲見之，為諧語曰：『君不特費紙，并費筆墨矣，何不統記云：自某日至某日，每日買腐菜各一文乎！』啟新方以為然，初不知其譃己也。其可笑多類此。」《一文錢傳奇》所謂盧止員外者，即指啟新也。

海家濱

舜湖西南隅，有海忠介祠，相傳其地昔時有某璫葭莩為患，鄉里州縣，莫敢誰何，海忠介稔其惡，擒治之，立斃杖下，邑人感之，乃建祠湖干，後遂名其地為海家浜，今則訛為矮家浜矣。

王嘯桐

邑前輩王嘯桐，工疇人術。仿《益智圖》，成《文房游戲圖》，變化奇妙，有模仿崑劇數折，神采栩栩，古樸如石室圖像。惜製版費工不克梓行。先生曾製錢袋。上繡銘曰：「薄侯王常歌嘯，典焦桐，惠酒鈔。」每句末字相聯，適為王嘯桐鈔也。

硯稱三妙

里人陳子偉與陸廉夫任萊峯輩，集樂安社，切磋書畫。子偉有端硯，周卓巖作銘，任萊峯書，沈洪禮刊，可稱三妙。銘詞亦有味，云：「子偉先生工墨蘭，品在松雪衡山間，去年邀入樂安社，名聞遠近無間言，家貧不求鄭譯潤，塵生甑釜心怡然，今為作歌轉介石，寫蘭聊取購蘭錢。」

水鄉絕唱

明虞堪字克用，有《鼓枻稿》，刊《涵芬樓祕笈》中，多諷詠吳江風物，蓋流寓長洲，往來於蜀，吳江實為片帆必經之地。放翁入蜀，亦溯運河而南，蓋長江天險，不敢逆流而上，必迂道以往耳，稿中有吳江六言絕句一首云：「三高祠前流水，五湖煙外孤篷，楓落吳江夜冷，閒情多付漁翁。」與放翁之「八測塘邊酒，三高祠下帆。」同為水鄉絕唱。

第四橋

姜白石〈過垂虹詩〉：「迴首烟波第四橋」，別本作十四橋，實誤。按第四橋，即甘泉橋，舊時橋下有泉，清澈甘冽，而自垂虹以南，其次為四也。此外如朱竹垞詞亦言「第四，」周草窗〈拜月星慢詞〉有「四橋吟纜」之句。李彭老〈摸魚詞〉有「過垂虹四橋飛雨」之句。李綱詩：「松江第四橋，風雨不可過。」陳謙詩：「第四橋下風水惡。」王逢有〈第四橋阻風詩〉，可見當日水天浩瀚，與姜詩「迴首烟波」之意相合，想傳刻或有魯魚耳。

〈黃泉八景詩〉

《夢餘贅筆》載有〈黃泉八景詩〉，滑稽可喜，且多警句，如〈惡狗村踏青〉云：「草迷鬼谷綿遙碧，花向酆城飛亂紅。」〈奈何橋步月〉云：「岑寂一輪升苦海，零丁獨木駕浮瀛。」〈孟婆亭品茶〉云：「到此已忘千古事，何妨再飲一盃茶！」〈血污地流觴〉云：「方知螘綠成新釀，也與猩紅有舊緣。」〈望鄉台晚眺〉云：「暮鼓遙聞天竺國，寒燐不斷鬼門關。」〈尖刀山登高〉云：「仰觀紫劍千行樹，俯聽黃泉百尺濤。」〈剝衣亭納涼〉云：「驅炎巧借無常扇，解暑初携孟母湯。」〈枉死城祝壽〉云：「此地更無尋短計，其間倒可慶長生。」此中頗多鬼典，運化入妙。

金文簡公之豔詩

綺懷旎思，人人有之，故雖名公大臣，興到筆隨，亦有風華之作。吾邑金文簡公士松，有《喬羽書巢詩》，分內外集，內集皆應制諸作，蓋當日為經筵供奉者也。外集多題贈之什，有題〈張憶孃簪花圖〉云：「小立回廊掠鬢遲，羅襦鄉澤繫人思，新桐露濯紗帷淨，正是春酣破睡時。」所謂未免有情也。又〈秦淮唐家水榭〉絕句云：「夢醒歡場三十年，傾城名士總寒煙，多情依舊秦淮月，丁字簾前伴客眠。」則若有影事在矣。

白蓮教與辰州符

光緒初元，里中有白蓮教羽黨，時為人祟。某氏夜見暴客入戶，飄忽不類人體，乃以褻器相擊，即化為烏有，燭視之，則五寸許黃紙片也，剪作人形，耳目口鼻皆具，腹有硃書似符籙，焚之，亦無他異。自是疑鬼疑神，驚擾匝月而息。即辰州符亦數見諸家筆記，洵不可思議也。前年余家門外來一售術者，以紙人黏門上，焚符念咒既畢，以紙人兩手作環抱狀，拾石置其上，竟得不墮，石重及斤，紙手安能承之，此理終未能明也。

夢詰刪忠義

嘉慶中，里人周之楨輯《同里鎮志》甫竣稿，示其友人王汝孫，屬校之。明季有諸生陸府寧者，名臣府修弟也。聞南都潰，率家人殉節於同里湖，事具《忠義傳》，王遽刪之，將削簡矣。是夕，王夢一人，整巾服，自道姓名，怒詰刪傳之由，王悸而寤，至終夜不寐，遲明亟告周，乃復之，心神相感，有如此者。

七十二鏡

有孫雲球者，吳江人。奉母卜居虎阜，賣藥以供甘旨，精於測量，常準自鳴鐘造自然晷，晝夜旋轉，不違分秒。又本西洋遺制，擴眼鏡為七十二種，有萬花鏡，遠鏡，火鏡，攝光鏡，夕陽鏡，端容鏡，焚香鏡，察微鏡，放光鏡，夜明鏡，著《鏡史》一帙，令市坊依法製造，遂行於世。康熙初年卒。

八字

某公能日者術，且甚工，推知某年運少鈍，即告歸。有女美而慧，擇婿甚苛，雖縉紳之家，亦弗當意。或疑而問其故，曰：「欲得八字貴達者耳。」其友貧士某聞之，密以子造倩日者改成極貴，書於紙，置硯下，微露其半，一日，某公詣貧士所。見硯下紙，頗有訝異色，問斯何人？貧士以子對，且曰：「欲得日者一推，他時能一青其衿否？」某公曰：「吾亦能是。」取紙細審，曰：「豈僅秀才已哉！」並問配偶未？貧士曰：「未遑及也。」是日，某公返，即遣人執柯至，備言某公有相攸意，貧士佯驚疑曰：「齊大非吾耦也。」執柯人力言某公愛子賢，願招為贅。事遂諧，以某公力入邑庠，屢試不售，以秀才老。

劉海仙

元妙觀彌羅寶閣火劫後，迄未修復，舊時閣後隱背牆畫水墨劉海，筆至神妙可喜，即其篇幅方五六丈，已非庸人所能。相傳康熙間，是閣翻修，隱背牆粉而未飾，董事者有欲畫龍者；有欲畫山水人物者，莫衷一是，有乞人竊笑其旁曰：「此細事，何諸公之紛議而莫決也！」一群鄙視之，叱之退。明日，忽見劉海像，墨瀋猶未乾，遍詢匠守，莫知所對，有疑乞人，即縱跡之，不可得。自是以為乞人即劉海仙矣。

白頭夫妻

有六十老媼，不安於室，終嫁七十衰翁為偶，誠所謂白頭夫妻矣。好事者嘲之以詩曰：「好個老人家，今朝又破瓜，耳聾嫌絮語，齒落仗門牙，腕似泥中藕，顏同霧裏花，抱孫兼抱祖，日夜很虧他。」余意霧裏花不如易為雨後花，則蔫退之色，與雞皮鶴髮尤相肖也。

爪哇婚禮

客有述爪哇婚禮云：「兩家各備花燭，多書『從此結緣，百年偕老。』結婚時，新郎新婦以鋟刻人名之戒指互易。事前須向地方行政廳註冊。儀仗中有土人樂，西洋樂，中國樂。新郎衣荷蘭式禮服，親迎，新婦圍鑽石項圈，披紗兜，手握茉莉或薔薇，新郎向之叩首。新婦兩手指尖比齊，上下揮動，殆有控制夫權之意也。」

山姿

看山晴雨，各有妙姿，前年去洞庭，望七十二峯，忽隱忽現，若離若即，近山雲氣，濛濛如米顛潑墨，蓋是日細雨，更多奇觀。某日在西湖白堤，遙見陣雲陡起，此時望葛嶺，儘有名畫師，恐亦不能窮其態色也。

沈仲廉

峨嵋沈仲廉丈，初習武事，為汛守，後業岐黃，為人治療，不計酬。喜交友，每夕輒出杖頭錢沽酒餉客。不治生產。餘力學詩，頗多佳句，書齋明窗淨几，時燃爐香，與之清談，終日不倦，故多雅言。春日買棹鄉間，看村台戲，意興最豪。嘗曰：「最得天真，別饒風，趣惟村娃而已，雖亂頭粗服，殊勝綺羅香澤之多機械也。」

某日，入永福寺，見僧所誦經，戲為講演，僧為拜服。能著棋，與金鐵厂丈弈，輒敗，顧不肯遜，曰「勝固可喜，敗亦欣然。」曰：「劉將軍見小敵怯，見大敵勇，倘遇國手，必勝之。」言笑聲洪亮，有壽者相，不意未逾大衍而卒。

永福寺肉身

永福寺在八洞直龍下，有肉身和尚，即日人所謂木乃伊也。和尚生前，淨修甚苦，臨終囑其徒勿遽入殮，可置合缸中，越三年，試啟之，如不腐，可裝金，否則葬之。其徒如言，至期啟缸，果不腐，筋肉乾枯如木，一時讚嘆禮拜，有不遠數百里而至者，布施立集巨金，乃為裝塑，不意外鬆初就，中樞忽變，不能趺坐，傴僂欲倒，乃以鐵柱支撐，始得不痿，蓋猶未臻最上乘耳。顧得此不朽之身，已為難能可貴，吾輩酒囊飯袋安能希此。

烈士多情

山陽周實丹為縣令姚榮澤所殺，南社社友開會悼之，聲罪以討。其同邑周人菊為編輯遺集而刊之，實丹有影事，詳柳亞子所撰《周烈士傳》，謂烈士家淮上時，與同邑棠隱女士相友善，棠隱懷才適非偶，復中道夭折，遂亦嘔血死。烈士立傳彰之，繪秋棠圖以見意，蓋惟纏綿悱惻之多情人，乃能赴湯蹈火，為社會國家殉也。

集中有憶棠隱一絕云：「參透情禪情愈深，三生因果細推尋，天空那有長河阻，我即卿心卿我心。」可見兩人之沆瀣矣。又哭棠隱一律，有句云：「已憐圓缺難如月，況說音容總化烟，慘慘生離成死別，重重有悔贖前愆。」可想見其無可奈何之況。又詠秋棠二十首，哀感更不忍卒讀，又作《尊情集》，言「愛美者，乃昊天上帝所賦我輩之第一天性。」從知英雄兒女，其一往深情初無二致也。

〈紅薇感舊記〉

澧陵傅鈍安於元二之交，主撰《長沙日報》，論政觸項城忌，湯薌銘舉兵攻湘，索鈍安甚亟，鈍安微服走故里，倉皇無所歸，故人劉鏡心有夙識妓黃玉嬌，方脫籍屏客，遂相從過其家韜晦，累旬得免於羅織。後玉嬌嫁矣，鈍安作〈紅薇感舊記〉以書其事，亞子為〈玉嬌曲〉以張之，其詞云：

連雞已失東南局，降旛夜樹君山麓，
痛哭當年識賈生、變名此日同張祿。
烽火倉皇走避兵，株連鉤黨夢魂驚，
誰知覆地翻天際，別有盟山誓海情。
佳人少小生南國，玉嬌小字傳鄉邑，
一自天鍾第一流，湘花湘草無顏色。
佳俠含光本性成，桃花劍底獨關情，
紅顏別擅凌雲氣，素手能彈變徵聲。
望門投止文章伯，一見無端情脈脈，

本來蘇州是鄉親，何況香君重逋客，
枇杷門巷受恩身，好作桃源暫避秦，
金屋翻教營複壁，玉釵親典為留賓。
賈生年少工詞賦，賓從翩翩各殊度，
明鐙華燭屢尋歡，檀板銀尊不知數，
一度溫馨幾度愁，念家山破唱梁州，
從來青史千年恨，都付紅裙一哭休，
紅裙著意相憐惜，爭奈柔鄉難託跡，
折盡門前楊柳枝，明朝又作關山客，
後約難留嚙臂盟，五湖天際若為情，
空憐辜負嬋娟子，霸越亡吳計未成，
失時豪俊仍肥遯，峨眉別去餘長恨，
傳聞綠葉已成陰，差幸名花免墮溷。
俠骨柔腸自古難，紅妝季布擬湘蘭，
玳梁紫燕營巢去，祝汝雙棲歲歲安。
君不見伍相窮途瀨女逢，王孫漂母各英雄，

獨憐紅拂天涯老，惆悵他年李衛公。

一時朋好爭傳，多有唱詠。六年春，吳光新縱火焚《長沙日報》館，稿付一炬，鈍安追憶之，亞子為付鉛槧，亦革命史中一佳話也。

祕本說部

某君曾於都下，見舊刊本說部數種，俱為坊間所未有者。一名《弁而釵》，記明季都下男風之盛。一名《東遊記》，記福王之父，在洛陽之荒淫。又據曾修《清史》之某君言：民間所傳清高宗為海鹽陳氏子，實為世宗，非高宗也。

《花月痕》

魏子安所作《花月痕》說部，為清末傑作。其間詩詞，有似王次回，而生辣爽脆過之。武事拟影鴉片戰役，故有逆倭至粵，擄帥去，直迫津沽諸事。第二十回韋癡珠〈雜感〉第四首：「追原禍始阿芙蓉，膏盡金錢血盡鋒，人力已空兵力怯，海鱗起滅變成龍。」乃明言之矣。而東南戰事影洪楊尤顯，如第四十二回所謂五狗之羊紹深即楊秀清，刁潮貴即蕭朝貴，馮雲珊即馮雲山，危鏘輝即韋昌輝，席沓開即石達開。故近人以為韋韓合傳，作者自比，而明經略則左宗棠也。

陳蛻庵

光緒庚子以後，報紙如風飆雲起，主筆政者，類皆侃侃而談，無所顧忌。陳蛻庵創《蘇報》於海上，言之更激，卒以是忤當路，封禁之。既光復，蔡孑民、吳稚暉先後為言諸政府，請以《蘇報》

獄付稽勳，且議優卹，久不獲報，蛻庵聞之，亟謝稚暉，謂「正誼明道，非以計功利，幸勿以我為念。」其耿介高亢，愧煞爛羊。蛻庵曾知鉛山縣事，自投劾歸，兩娶並先卒，繼聘某氏未娶，而以《蘇報》獄起，遽別嫁去。長子嶷於難前出走不返，次子岐，代蛻庵就逮，出獄後卒，遺腹得一孫，四年而殤，妾二人隨蛻庵出亡東瀛，初使入女學，繼並遣嫁之，一家流離，僅有兩女存耳。其憔悴之狀，為之輒喚奈何。聞李息庵之遁入虎跑，受佛戒，亦以家庭零落之故，人生到此，天道寧論！

《三笑》

《三笑》為彈詞中別饒雋味者，其事傳說不一，余見《雅謔》載：「唐子畏舟經無錫，晚泊河下，登岸閒步，見肩輿東來，女從如雲，中有丫鬟尤豔，唐跡之。知是華學士宅，因逗遛請為傭書，改名華安，得華寵任，謀為擇婦，因得此婢名桂花，居數日，為巫臣之逃，華遍索之不得。久之。華偶至閶門，見書肆中一人持文繙閱，類華安，私詢人云：『此唐解元也。』明日修刺往謁，審視無異，及茶至，而枝指皆露，益信，然終難啟齒。唐命酒對酌，華不能忍，稍述華安始末以挑之，唐但唯唯。華又云：『貌正肖君，不知何故？』唐又唯唯，酒復數行，唐導入後堂，呼諸婢擁新娘出拜，華愕然，唐因攜女迎華曰：『公向言某似華安，不識桂花亦似此女否？』乃相與大笑而別。」較他家考證為詳，惟彈詞云山塘邂逅，而此云在錫；婢名秋香而此名桂花，殆作者剪裁之妙用，蓋非此無以得三笑也，而秋香桂花意義又可通，或事誠有之，非假託歟？

西湖

西湖之見諸吟咏者，無慮萬首，各具見解，別出新意。余友徐穉穉有《西湖雜什》，頗多可誦，如：「妻子終難拋撇去，天寒喚鶴伴梅花。」以此調侃處士，何以自解？「我來看月微風動，水面成波月亦波。」與玉泉題「皺月」相發明。「畢竟人間勝佛國，石羅漢盡笑顏開。」更趣。「靈隱寺僧最有福，朝朝暮暮出來聽。」蓋深愛冷泉也，所摘似未經人道過。

近視

有客性躁而短視，聞人言，某日，有估衣肆遺皮戶外，為人所得，客頗羨之。蓋舊學前估衣肆如鱗比，每於冬晨學徒輒似皮於戶外去硝或有遺忘，亦理之常，客乃於凌晨往伺之，果睹有皮類紫羔，回顧無人，遽前掬之，則嗥然起嚙，蓋一黑犬也。懊喪而歸。越日復往，又見黑犬蹉伏，頓念前恨，拾石擲之，忽鏗然作聲，傭人自戶內噪呼而出曰：「何與若事，乃擊碎我鍋。」客知又誤矣，知無可辯，乃償以資。

華嚴塔血經

民國四年修垂虹橋，友人費仲笣為之監，起居橋畔松陵廟。一日於廟祝所，見古紙一束，展視之則為綿料羅紋紙，中界烏絲，硃書經文，古氣盎然，問所從來？廟祝云：「宣統二年，橋下華嚴塔毀，於塔下檢得者，有楠木匣，已朽壞如灰，不可收拾，紙則欲付字庫而忘之。」仲笵以銀易之，廟祝不肯受云：「此敗紙不值錢也。」遂持歸細閱，則紙雖零落，而首尾無缺。

跋云：「皇宋崇寧三年甲申建塔，里人邵育刺中指血，加入硃砂中，一日夜寫成《陀羅尼經》《大悲咒》《觀世音經》三卷，為父母祈福。」卷長二丈餘，距今已八百七十餘年，與吳門彩雪橋龍壽山房所藏元僧繼公血書《華嚴經》較，遠在三百年以上，仲笵大喜，裝潢成冊。廣求題詠，並宣願年至周甲，當覓名山古剎珍藏之，以與龍壽並峙云。仲笵又言，當華嚴塔毀時，有豫僑於塔址掘磚石，忽發現石箱中藏銀皮包楠木箱，內有銅佛數十尊，迨聞訊往詷，則已匿去。急懸金求之，僅得接引佛一尊，約長七寸，及唐宋錢十餘枚。

梅芬

去秋於鶴望師席上識寶山舒問梅丈，古貌童心，有矍鑠是翁之慼。越兩月，介君博族叔囑為序其《梅芬閣本事詩詞集》，則知此老風流，乃有奇遇。其事余友顧明道已為小說刊之《啼鵑錄》。

蓋有梅芬者，鄆縣人，姓吳氏，幼遭盜掠，而鬻之山左賣解者，教之技擊，隨假父母流轉江湖，至吳門，以色藝傾倒一切。梅芬尚能歌，聽者尤為神靡，或以利銛假母，遂淪入樂籍。

乙未春，梅芬探梅鄧尉山，與問梅丈邂逅，飲談甚相得，如舊識。旋入都，值庚子拳亂作，假父母入匪籍被刑，梅芬得賽金花助以劍，斬監守，得脫身南來，與問梅遇，蹤跡遂密，暇輒載酒游虎阜石湖以為樂。

己巳聞女尚在鄆，私議蓄纏頭歸養。壬寅夏，誤傳母喪。遂涕淚泣奔就喪，時川中匪警，問梅尼之不可，越五載，復相遇寧滬車中，述別後行止，則已入勞山上清宮為女冠。比歸省墓，將復往即墨，以了餘生。問梅歎息久之，車抵滬，梅芬出寫真為贈而別，自是不復相見。問梅之為號，即其低徊相念之情也。

蘇州風物

吳門繁華安樂，惟唐子畏〈姑蘇雜詠〉寫之最真，不愧丹青妙手也。其中如「風土清嘉百姓馴。」如「小巷十家三酒店，家門五日一嘗新。市河到處堪搖櫓，街坊通宵不絕人。」如「趕市人都清早起，遊山船直到山邊。」如「貧逢令節皆沽酒，富買新鮮不論錢。」雖如婦孺絮語，而竹枝風韻，不失面目，五百年前風物，尤能與今日彷彿，從知風俗之不易變矣。

山東道上

光緒初，吳人某，年未冠，尋父赴山東，蓋父布商也，年必北行，往返三四月。是年忽不歸，固知留滯北方，惟未卜存亡耳。行經某地，以天垂暮入客店，於榻下見白骨累累，大驚駭，出見一老者坐門隅，貌慈祥，似有仁心，某回顧無他人，乃長跽請老者援手，老者曰：「童子有孝心，奈何坐視，若且入市購雜物，偽作餽遺狀，認為親戚，以謁大王。或可倖免於難。」

某如言而去，携物至，老者與之偕行若干里，得巨第，有碩丈夫向老者略頷首，即任之入。洞房曲室，如畫裏所遇。最後抵一堂，體制有如殿陛，時燈火星列，照耀如白晝，遙見高座堂皇，衣服麗都，乃為一女子，且妙年奇豔。老者頓首白始末，且以餽物呈左右。女子曰：「彼等已供備，不及赦矣。」老者再請曰：「童子死，其父亦不得返，父不得返，其母必殉，赦童子，不啻活一家人，幸願大王垂憐也。」女子顏微霽曰：「老人有葭莩，當為別論。」即顧左右，取標旗來，為方尺黃布，僅書一飛字，授某曰：「離此他往，倘有不測之遇，可以此示之，當無礙。」某涕泣感謝，與老者出。是夕宿店，絕無所警。翌日，拜辭，復行數百里，忽有捷騎呼嘯而至，將捕某，某急以黃標示之，相顧而去中有一騎，凝視不聲。既去，復轉身呼某，某應而號曰：「父在是乎，盍去巾幞，」其人去巾幞，固其父也，遂從別道折歸，蓋其人粗解超距，被劫而鬥，勝盜而不敵眾，遂為所縛，不加害，勸之入夥，其人以急切不得返，亦復安之。

不倒翁

余於眠雲許見沙子春繪不倒翁，有詩詠之，感慨彌深，為是翁洗白不少。詩云：「扳不倒，真個巧，莫道此翁無分曉。饒他賓客坐盈堂，四顧周旋都不惱，袖手不管快活多，閉口不言是非少，面紅一任腹空空，相得醉時何用飽。周圍看，團團繞，轉眼昏，都過了，何須大步向前行，只要圓通使見好。若還誇說腳根牢，憑你銅人鐵漢都防倒。君不見傀儡線斷不登場，又不見墓旁翁仲眠荒草；靠人提掣不久長，自道剛強終不保。老翁回頭看眾小，爾等形骸亦輕狡，不要錯認我是磨棱倒角人，須學我儸強真到老。」按不倒翁為勸酒之具，以手扳翁，便俯，俟其仰也，面對誰何，即令浮白。曾憶清季群以是醜詆慶邸，而今之政人則傀儡，軍人則翁仲也。十二年間斷線眠草間，已不勝指屈矣。

水蜜桃

吳江梅里產水蜜桃，其肥甘鮮美，為東南冠。皮有朱紅細圈，似經第品者最佳，惜多蟲蛀。前年里人葉仲甫丈以十金予農家，於其未熟時，以燈籠籠之，至時摘取得十枚，俱完好無損。以之餽武進盛杏蓀，大激賞，歎為得未曾有。

盜受紿

有客攜巨金入都，盜已知之，欲要於途而劫之。客每過店，起居從容，自去所騎馬鞍入室，據胡床箕坐而啖，與人談笑，若不措意。盜窺其行裝甚簡，不似有巨金，從行至京都，忽睹客攜鞍入金鋪易銀，始恍然悟鞍為金製。故起止必自理，不假手於人也。然京都耳目周，不復能下手矣。

林將軍妻

相傳康熙時，有林將軍妻甚美，為聖祖所熹，顧林將軍兵符在握，不便遽奪，何能攫其妻，夏暑甚，林將軍忽奉詔出獵於郊，限中晚即有所獻，林將軍彷徨無計，其妻曰；「帝意欲君以死報命耳。」林將軍若有所悟，即飲酖卒。其妻遂被命入宮。齊東野人之語，姑妄聽之可耳。

閑閑山莊

金山高吹萬先生築閑閑山莊，以為嘯歌藏息之地。屢承招往，輒不果行，然空曠秀逸之致，可以想見。及讀其夫人婉娟所撰〈閑閑山莊記〉，不啻身親其境矣。〈記〉云：「山莊地越十畝，面山結屋，劃水成隄，度以小橋，雜蒔桃柳，危樓開朗，樸而不華，憑欄南望，則山之蒼翠，盡覽無遺。朝爽夕曛，風致清雅。莊之四圍，環繞竹籬，藤蘿低垂，紅白相間。更外則水田阡陌，滿種秔稻，池塘三數，植蓮豢魚，每當夏秋之交，田父負鋤，牧童牽犢，田歌緩緩，鳥語嚶嚶，真山居之樂也。」錯落有致，彷彿柳州小記。夫人工詩，諸子皆能文，鶴望師比之吾鄉午夢，當之無愧，虞山俞氏亦一門都能吟詠，求之今日，洵難能而可貴矣。

法喜寺銀杏

吾里法喜寺，有銀杏，大可數圍，蔭及畝許，殆宋元物也。蓋宋元之際，是地為市廛繁盛之所，其後漸遷而南，遂至荒落，忽於民國四年六月十七日，為大風拔去，數十人撼之弗能動也。其後讀石予師大通橋〈古銀杏記〉，橋西集賢庵銀杏，亦於是日為風所折，惟未斷其幹耳，兩地相距可百餘里，而風力竟相若，奇矣。

新嘉坡

揭陽吳澤庵別尸牙詩云：「十萬蒼波映晚霞，紅愁如海別尸牙，一聲汽笛揚輪去，水是人天電是花。」原注謂馬來人稱獅為「尸牙」，稱嶼為「波兒」，「尸牙波兒」者，地以形名，即獅嶼之意。英人聞聲譯音，而華人轉譯為「新嘉坡。」其言甚新，似未經人道過也。

入我㱿中

錢君霞青之尊人梅仙武孝廉，與兩同年計偕北上，由清江浦上陸。抵一鎮，日暮投宿，店主偉丈夫，面目猙獰，心頗疑之。梅仙乃私謂其伴曰：「若人非善相，恐為黑店，宜有以備。」兩同年聞之，惶遽失措。梅仙曰：「毋恐，我事鍤掘，兩君任往來畚棄可乎？」兩同年噭然應。遂往市買鍤，閉戶，於戶內閾次，掘泥成窪可容人立，夜半果聞橇門，已而門闢偉丈夫持刀入，忽墮窪中，梅仙以板置窪面，三人高臥其人。偉丈夫哀懇乞赦，梅仙曰：「天黑弗便，俟天明可！」翌晨，去板任之出，偉丈夫供張甚謹。

葉湖別墅

同里鎮之東，有藪瀦曰葉澤，元倪雲林隱處也。故陳佩忍先生擷雲林詞句，題其書藏曰綠玉清瑤之館，以其太夫人倪氏系出雲林也。當時與雲林同隱湖濱者，尚有徐有常其人，雲林曾為作《葉湖別墅圖》。並題詩云：「葉湖水淪漣，松陵在其西，望見吳門山，波上翠眉低，白蘋晚風起，寒烟遠樹齊，水蕉籠筆格，露柳罩金隄，居貞寧汲汲，旅泊身棲棲，屏處觀魚鳥，風雨夜烏啼。」有跋云：「有常作葉湖別墅成，徵余詩畫，寫此塞責。雲林倪瓚。至正壬口八月六日。」見阮元《石渠隨筆》。並云圖為白麻紙本，水墨畫竹樹坡陀，遠山溪水間書屋數楹，是能曲盡水村風物之致者。

吳易之節概

邑志云，吳易於崇禎十六年成進士，不謁選而歸。其所以不謁選之故，語也不詳。近見明李介立《天香閣隨筆》，方知當時都下，頗有奔競之風，易羞與為伍，故悄然南歸。《隨筆》云：「癸未科文運剝蝕盡矣，獨吳江吳日生英偉浩瀚，嘉定黃蘊生博大嚴正，然二公不特異其文，其識見亦異。是科考選庶吉士，皆百計營謀，人有為二公地者，二公棄之不顧，策騎出都。未幾變作，後大兵下江南，蘊生城守死，日生起兵湖中死，其節義不異。天生二公，砥柱三百年文運，非僅一科生色也。」

彭雪琴不忘其舊

彭雪琴緩帶輕裘，有羊叔子風，而恬淡似具夙根，在日與王湘綺有舊，兩人往來甚密，故《湘綺樓日記》中述過從之跡者甚夥。某日云：「騎至查江，訪彭雪琴於何隆老屋，舊宅三間，為未達時所居也，父母弟婦皆歿於此。今富貴復居之。兩親既亡，妻被出，旁無侍者，子弟又已遠析，雖歸心空門，識諸假合，人情戀本，物態變遷，一想今昔，但有愴恨。雪琴殊自偃仰，不以為懷，宜其脫屣軒冕，捐棄聲色也。」寥寥數語，已足盡其平生，中興諸將，惟此公最為心折，於叔世尤不可求。

五人墓

虎丘山塘有五人墓，為聲援周順昌而為巡撫毛一鷺目為暴民，以殉於義者之埋骨處也。太倉張天如有〈五人墓碑記〉書其事甚詳，其地即魏忠賢生祠故址，故蘇人至今有謠云：「魏太監祠堂一夜拆白。」順昌被逮入京，長洲朱文祖間行詣都，為納饘粥湯藥，徵贓令急，又為之奔走稱貸，順昌櫬歸，祖文哀痛發病死。古道照人足與五人之義並傳。且順昌初未識祖文，以文震孟為孝廉時，與祖文習，談其母劉氏貞節甚苦，順昌聞而憐之，慨然白當道，得類題取旨，部牒下郡祖文始知之，乃感之鏤骨，願為知己死矣。

祖文撰有《北行日譜》，按日記北行經歷，言言皆從肺腑中出。云當時有鎖頭顏紫，慘毒無人性，順昌之死，顏紫以巨石壓首，即楊璉、左光斗諸公之死，亦無不出其手，余嘗數過五人墓，荒土草蔓，苟無大字題石，無人能識之矣。今聞將事繕修，亦教眾感群之意也。

左都御史

左宗棠初在駱秉璋幕，言聽計從，人稱左都御史，蓋巡撫為副都御史銜。左實駕而上之也。拜本往往不先入告，駱不以為僭。某日，忽奉密令，「左宗棠如有不法情事，著即就地正法！」蓋為湖廣總督官文所劾也。時肅順當國，頗能下士，並時聞西席高星垣言左有異才，至是遂令高於朝臣中得一說項者，翌日奏保，當為張目。高詣潘祖蔭許，潘亦知左，遂許之，明日，潘陳：「左有文武才，方今需才亟，正可大用，請赦之。」肅順亦以為言，乃收回成命，授左以四品京堂，幫辦軍務，故左一生意氣多傲。

匪窟

張繩祖君受臨城之劫，備極困頓，歸語余云：「匪窘相近有龍門觀，風景絕幽靜。所居巢雲觀，為龍門八景之冠，有額曰：『澄懷悅性』；曰『洞天福地』，與處境截不相侔，思之失笑。」余謂澄懷悅性，所以勉虜人存隨寓而安之心，洞天福地，則佛入地獄之微旨也。

八貓

洪楊時，江浙間好勇鬥狠之人，輒造船蓄士卒，陽謂衛鄉里，實則肆博耳。有孫金彪者，往來太湖，所部多驍勇，有敢死士八人，稱八貓，其友人唐某守同里，以四貓為助，某日出巡，為太平軍所圍，有橋，已閉柵，不得返，追蹤且至，性命在呼吸，四貓各持唐騎一足，助之躍過橋柵，得免。四貓從而躍，一貓行稍遲，被殺。

湖州之役

吳蓮衣助趙竹生守湖州時，杭嘉悉入太平手，乞援於蘇州，濟軍火若干，惟所過恐多留難，乃置竹排下，並按地關說，蓮衣有友任葵春司同里稅卡，亦預為道地，葵春陽諾之。及至，悉扣留，湖州城被圍甚急，蓮衣作丐者狀，徒步至蘇州，援兵至，已弗及。城破，竹生不屈死。後聞湖州鈕君云：「是役也，所死甚夥，即鈕氏亦死八十餘人。」葵春子未婚，病隱疾卒，嗣絕，論者以為因果也。

鍾石泉

鍾石泉為車坊鎮某典司筆札，蘇州城破，太平軍遺書借餉，鍾答以青黃不接，無以應命，太平軍怒，欲執之，鍾乃脫衣冠於岸，偽為投水而逸，歸同里，侘傺無聊，後忽為吳江監軍，招試童生，命題為一「天」字，某生破承云：「蒼蒼者，非天也，天父之天真天也。」得首選。既敗，匿里中，李鴻章引軍至，其友祝秋波方洗足，及往謁李，欲為緩頰，則已斬之矣。鍾能文，好弄狡獪，故士人多銜之，告牒山積，並有以其所撰駢文告示為證者。

殷侍郎

殷譜經侍郎，曾有聯云：「戎狄蠻夷，爭傳章疏；王公卿相，半出門牆。」蓋未第時，屢為巨家西席，其後遍歷六部左右侍郎，奏對朝政，輒中肯要，為外人所心許。故言大而誇，咸謂信而有徵。顧其人敦樸，有古大臣風。咸豐庚申，已官少司馬，聞本生母趙太夫人訃，奔喪回籍。時其弟選之廣文，以奉賢訓導，隨辦團練，聲勢煊赫，稱二大人而不名，僦居上海小南門鈎玉衖，侍郎航海而至，風塵滿面，布袍垢膩，又以守制蓄髮，儀態如野老，既抵弟寓，叩門入。

有司計者在，問選之何在？其人怒目相向曰：「汝何人？豈宜直呼選之耶！」侍郎徐曰：「兄不字弟，當作何稱？」其人頓悟，亟謝罪，侍郎一笑付之。翌歲，服闋入都，簡皖學政，任滿請假葬親，畢，復輕裝入覲，至津陸行，過北倉，憩陳氏門首，其熟師趙姓邀入小坐，談及直省新徵釐捐之害，謂「前年有殷兆鏞者，曾經奏疏，其人不知何往矣？」侍郎曰：「某在斯！」趙愕然下拜，蓋亦由其敦樸不識其為顯者也。

神童

安徽歙縣汪誠一，年十二，即能詩文，徐季農譽之曰：「鄴侯長吉，再見於今。」當非妄諛。有題〈羅浮吟社補梅圖〉云：「薄暝半庭花悄悄，斜陽一抹水羅羅，詩從風雪橋邊覓，怨入關山笛裏多。」清空可喜。題〈余鴟夷釀詩圖〉云：「不飲復何待，先生詩思深，暫拋塵外事，來覓醉中吟。明月自清夜，落花非故林，醺然莫相負，得句遇知音。」超脫渾成，兼而有之。其字亦鐵畫銀鈎，頗饒奇姿，殆神童也。

吳江會館聯

錢自嚴丈在海上與同鄉集資建會館丙舍，落成之日，徵邑人為楹帖。陳佩忍丈聯云：「向松江尾閭，賦張掾首邱，橋影認垂虹，一水東西渾相望；登袁崧故壘，叩緞子禪機，羈魂雖化鶴，百年歌哭豈勝情。」柳亞子聯云：「故里客星高，萃釣雪垂虹之秀，點綴海邦，相期九萬扶搖，擬茲霄漢；新潮穹壤沸，要擔簦負笈者流，支撐家國，詎僅百年歌哭，還我枌榆。」余亦擬作云：「海澨悵飄萍，對酒蓴鱸，愛聽桑麻鄉話熟；吳淞感逝水，歸帆風雨，倘安魂夢客心寬。」

翁同龢

甲午之役，翁同龢主戰，李鴻章主和，朝議莫衷一是，倉卒應敵，遂至敗衄，其後罪歸同龢一人，革職交地方官嚴加管束。庚子慈禧西行，一夕拍案怒詈同龢，謂今日之禍，即甲午之種因，命傳旨就地正法！時榮祿在側，曰：「同龢為帝師，今已落髮為僧，當日之敗，主戰者雖有應得之罪，請念年老寬之。」乃已。

閔餅與閔糕

吾邑有二物，頗得盛名；一為同里之閔餅，篩選至細，烘煎得妙，雖歷久可不變其味。明沈石田曾有詩詠之云：「香劑圓從範，青膏軟出蒸，女紅虐鄭縞，士宴奪唐綾。」迄今已三百餘年，而傳此製法者仍屬閔氏。

一為平結之閔糕，即薄荷糕，嘉禾張苞生以一甑饋丁龍泓，龍泓以壽母，並作歌謝之，有句云：「淡然無味天人糧，黃庭有語義允臧，老人食之壽而康，感生之餽是慨慷。」閔氏刊之為招人牓子。

乾隆中有楊姓者，仿製以貢御膳，浙江巡撫熊學鵬書「雪糕」二字予楊。汪瑾亦為詩張之，然至今但聞人言閔家糕，不聞人稱楊氏雪糕也。

銀魚

吳下銀魚，殊不及平望之肥美，《博物志》：「吳王江行，食鱠有餘，棄於中流，化為魚，名為『鱠餘，』按即銀魚也。」其說雖誕，而無鱗無骨，有魚之名；無魚之實，亦奇品也。鄧元公云：「出吳江者良，暴為脯，可以致遠。」即南貨店之銀魚乾也。

平望安德橋下，獨金睛，黃梅時節，略撮即得，以之製羹煮蛋，味勝蝦蟹。吳郡薛蘭英蕙英仿楊鐵崖《西湖竹枝詞》作《蘇台竹枝》十章，中有一絕云，「桐庭金柑三寸黃，笠澤銀魚一尺長，東南佳味人知少，玉食無由進上方。」推重備至，顧魚長僅及寸，何言一尺？殊不可解。

白話劇

白話劇始於民國肇建之際，春柳劇場假海上謀得利二樓公演，陳義高尚，難索解人。武進陸鏡若實主之，顧淺人不願一過，致衰敗。有以此勸鏡若稍稍諧俗者，鏡若曰：「吾願他日知有失敗之春柳，不願以變節之春柳，供人評騭也。」春柳銷聲，鏡若亦憔悴終矣。自是中國新劇；萬劫不復，永成惡札。

金屋藏尸

用直戴姜福孝廉，以知縣分發四州，挈一妻一妹一妻弟偕行。江流逆溯，舟覆死其妻，易舟而往，行未及一旬，又覆舟死其妹，既抵成都，其妻弟又發瘋死。孑然一身，頗苦寂寞，乃思納嬌金屋。有為說合者，身價四拾千錢，戴頗謹愿而又性迂謹，亦未一往視其顏色。及期乘輿而至，則脂粉塗抹，不辨媸姸。翌日適奉委校閱試卷，黎明而出，垂暮始歸，問新寵所在？侍者以未起對，戴頗疑之，至室中，果赫然橫陳，撫之則以冰消玉殞矣。細探究竟，則是人素病瘵，以之相紿誆錢耳。

余又聞人言，有納妾得一觀音偶像者，其人艤舟以待，俟其扶持而至，即解維言旋，忽岸上鄉人呼噪而集云：「村社失像，在是舟中！」既失夫人，又賠以禮，欲究蟻媒，則已不翼飛去矣。

酒人

丁巳春，吳門滄浪亭某校庶務，飲於觀前酒家，黃昏而罷，已醺醺有醉意，覺步行將不勝，乃於護龍街呼籐輿乘之，忽見兩旁兒童鼓掌呼噪，似為己而發，亦不解所以，惟覺輿行甚捷，不辨何向？斯時心忽驚恐，命止輿，輿止出視，則尚在飲馬橋北，去初乘處不遠，甚怪輿夫之遲緩，復坐。令稍速，輿夫果加速，似已過橋，惟尚不見學校。忽睹人影自遠處來，有燈光甚微，已而漸近，彼人舉燈相向，忽大驚呼，酒人亦如夢方醒，失籐轎所在，而己身則坐橋東岸上，兩足將及夫水矣。彼人乃伴之歸，明日猶了了，惟不知何由至此？

芳草園

洪楊前，江城外有園林數處，沈氏翠娛其尤著也。余家藏有芳草園圖，為道光時人所作，城郭隱隱，有孤塔崔嵬，紅牆掩映，則似垂虹光景，按王氏有故屋在城南三天門，殆當日亦有池館林泉之勝。又藏有楊龍石刊「都梁香室」石章，初不知為誰家館舍。後見骨董有芳草園八景冊求售，都梁香室亦其一景，從知芳草園在當時亦稱勝地，劫後已無可彷彿矣。

鳳凰蛋與貝葉經

焦山海西庵有蛋，綠色，作松脂香。僧人云：「是鳳凰蛋。」或云：「乃駝鳥蛋也。」其大有如甜瓜，小鳥可以迴旋其間矣。

又在杭州理安寺見貝葉經四葉，謂得自錫蘭。其狀有似端午角黍之箬葉，文字如滿蒙，屈曲而橫行，每字不相連屬，不知作何語也？

陸耀庭

王辰生君為余言，兒時在袁氏故宅之廳事，集群兒為蹴鞠之戲，球入牆角廚後，王君側身俯取，忽見人頭赫然，面目宛然可辨，驚極而號，群兒奔視，則已弗見，以為誑，王君則力辯其實。蓋其宅於洪楊後若干年，為不逞者所賃，事洩捕而殺之，殆其魂魄猶依依歟。不逞者為陸耀庭與畢永泉。同是無賴，思乘劫後將疲兵老，為異謀。並與蘇軍營潛通消息，已約期矣，函落中途，為一老嫗所得，呈之主人，乃告密，得先期破獲。

前年余遊洞庭東山，同遊者王君，指拳土相告曰：「此席某墓也！席某，乾隆時人，擁巨資，有異志；諂媚者以帝皇期之，席某心大動。時高宗南巡，將至，席某駕巨炮於港口，欲俟其車駕之至而殲之。會大雨，砲置火藥俱潮濕不可復發，事遂敗被殺。」兩事頗相類也。

翁源

同學汝聖秋有膽略，具膂力，戊巳之際，隨邑人殷佩六大令至廣東翁源，任礦務調查，暨警務督察，往來邊檄，頗有異聞，誌之以資談助。

翁源多山，山恆起伏連亘，絕少平原。山中多礦，金、銀、銅、鐵、錫、煤皆有之，而以煤、鐵為尤多，煤每擔僅值錢三文，有礦，產鎢之化合物，取而提練，得光亮堅硬之物質百分之鋼，入鎢八九分，其堅愈恆，可以斷鋼。歐戰時，每擔可值七八十兩，戰止僅值十餘兩云。惜運輸弗便，寶藏永閟耳。平常看山，恆看山泉，蓋礦有源，其源恆有屑碎流入山泉。既辨得為何礦？於是與地主論價。其例：礦盡還山，價定則訂契約，治酒食，招山鄰，山鄰無異言，其事乃就。

粵人以蜈蚣為飲品之常，有能種之使蕃生者，飲時取蜈蚣去頭，倒冽其血，滴滴入盌，取而飲之，謂可以避瘴。

深山有大木，楠之屬大可合幾人抱，既倒，則棄山陰，沒蓬蒿中，求善價而沽，然運輸不便，不能得巨值，與江南較，何啻十之與一。其林鬱鬱，廣占數方里，林中落葉相積如茵，不復見泥土。每於黎明之際，偶步林蔭，但聞林薄鳥語啁啾，隱約有丁丁伐木聲，與疏疏斲柴聲，不見人影，於夜深則有獸；某夕獲虎，售於翁源，得四十餘金。某夕得麇，歸與佩六煮而食之，中夜目各紅腫，不能安睡，蓋性熱，精神倍旺故也。

翁源之水源山，有苗人之裔。請於區之長，得舌人先容，翌日，策騎挈兩警士往，既至山半，有木柵阻路。舌人呼苗，苗十餘應聲至，衣布跣足，去柵闃出，對人長揖，有禮貌，扶客下馬，入柵，則街衢也。兩側皆房舍，以樹幹作柱，編竹為牆，蓋以大竹之葉，中無桌椅，以樹根當之。肅客入，聖秋視之，甚湫隘污穢，弗入，苗已窺得其意，取席出鋪於街衢，乃共趺坐。

其老者略能作普通話，問衣裳器具何從來？云：「是從漢人相易而得。」問所食何物？云：「亦能種植，如芋玉蜀黍等俱有之。鳥獸之肉，視為異品。時或於山採得生銀塊，可以與漢人易他物矣。」問與漢人通婚姻否？云：「以漢人恆仇視苗人，恐一旦失愛被殺，若男女交質始可。」警士云：「苗人尻骨間尾閭未盡蛻化，故漢人薄之。」語時有群女過，膚白且美，髮髻四方，上覆花飾，四垂流蘇，耳環大於盌口，亦跣足。逾時苗捧瓦缶至，中貯羹，以葫蘆剖半作匙，請客飲。聖秋甚疑之，舌人謂此虎鹿肉糜及芋粉茹汁也。聖秋聞之，淺嘗一匙，覺甚鮮美，顧不敢大嚼，蓋恐如前日食麋之苦也，予隨行者食之，立盡謂此苗供貴人之饌也。已而辭歸，苗復長揖送之。

翁源之民多妾，不論貧富，恆置四五人，其年事不限長幼，但求強健有力，耐操作，蓋彼中視妾無異傭工；傭工不能久居其家，且須給工資，以姬妾蓄之，則費半而功倍，故再嫁為尋常事。生兒負於背，帶作斜十字形，兒哭則母搖其身，以代保抱，田野間每見傴僂而種植者，累然隆起於背如橐駝，皆母子也。

翁源猶有古代交易之風，所謂墟場者，以三、六、九為期，至期四鄉擔簦以來者，集於場，官應護以警士，平日商店門外加木柵，顧客於木柵之隙，授受財貨，墟期則去柵，蓋畏匪劫也。大家周匝築堅垣，如砲台，如城堞，可以駕槍相擊，嶺南多盜，非此無以寧居。

水源山後龍潭，在群山之低窪，四面皆山，山俱有泉，汩汩下注，故潭水甚活，且甚清澈，可以見底，底敷白沙，綴以紅石及水藻，彷彿書齋清供也。潭周數十丈，深亦相類，恆起水泡，遠望如水沸。往遊之時，從山缺策杖涉泉，緩緩而來，蓋一步一心悸也。至其處，疑出世間，惜乎不便多居耳。

南雄之北為梅嶺，夏曆十一月往遊，梅已謝盡，「十月先開嶺上梅。」信然信然。其地蟠屈橫斜，滿山之坡皆是梅。下視群山，累累如叢莽之塚。時已天昏，乃結營山凹，與隨行之警兵更香守衛，得安然度夜。翌日歸，誤入荊棘之林，兵士以槍左右分撥，人從隙處傴僂而行，枝刺傷面目，衣服俱裂。枝蔓糾結，如入蛛網，不可分拔，乃縱火焚之，群鳥驚飛，群獸驚走，駭心怵目，俟火息乃得出。

張鴨蕩

張士誠去今已六百年，而鱗爪片片，隨處可憶。如七月晦日之地藏生日，燒狗屎香，實則九思香也，九思為士誠小名，吳江之南有張鴨蕩，為張王之譌，別有蕩，猶稱九思。俗傳張鴨蕩中有土為埂，士誠營祖墓於其濱。劉伯溫見之，驚為龍形，因命斷土埂以魘之。

余有〈滿江紅・過張鴨蕩〉云：「一抹湖光，王業已泯然無迹，憑檻處，寒林霜染，殷紅如昔。漁唱聲聲聊慰藉，白雲片片成相識，剩曝簷村老話當時，空消息。頷珠碎，鮫人泣，龍脊斷，皇裔絕。儘九思香爇，年年紀憶。秋老梧桐黃葉落，劫灰城郭青燐濕。到如今張鴨水連天，流還急。」

解差

清制，凡罪人謫配，其解差須同至戍地，往往有貧病侵尋，不得歸故鄉者。郭琇為御史時，偶巡行九城，見一丐握破燈，有「吳江縣正堂」字樣。頗訝異，問之？則泣然曰：「解犯至此，無以南旋，」郭資助之，並奏請解犯由各縣相遞接付，庶解者不至流落數千里外與戍人同悲失路也，旨可著為例。

石達開詩

石達開天縱聰明，惜洪秀全不從北伐之言，遂使半壁東南，難支殘局。余友唐忍庵曾以石詩十餘首，與吳祿貞詩合刊小冊。〈極目〉一首，感慨蒼涼，讀之如見橫刀躍馬之姿也。詩云：「極目楚氛惡，狂風看意吹，荒涼唐日月，黯淡漢旌旂。北地春花笑，南朝秋葉垂，樓頭景蕭瑟，客子悵吟詩，」末二句一作「漂零鴻雁侶，顧影有餘思。」又〈寄曾滌生〉云：「祇覺蒼天方憒憒，莫憑赤手拯元元。」近人輯《太平天國詩文鈔》，載石致曾詩共有五首，復有再答曾一首云：「支撐天柱費辛艱，垓下雌雄決一韓，試看欃槍天上掃，夜深慘澹斗牛寒。」蓋當時石以不見容於天王，憤而出走，曾聞而招其降，石曾有復曾書，亦載《太平天國詩文鈔》，上詩即附書尾者！從知曾之於石，固亦惺惺相惜也。

平望城

張士誠據有平江，築城於吳江之平望，烏程之南潯，以為平江失守，可以退而入浙。徐達以舟師由太湖一舉破之，遂失憑藉。後以城磚移築吳城，故《小林壑詩鈔》〈荻塘棹歌〉云：「惆悵沿流城堞盡，斜陽幾處噪寒鴉」也。

雙楊會

吳江城隍神，為唐太宗十四子明，震澤之鄙，有雙楊村，祀神最古，七十二圩香火所萃，因稱獨盛。村民例以十年為期，必具船裝錦棚，遊行蘇湖間，謂之雙楊會。其最富麗者，以婉好童男女，飾為優孟，衣錦插珠，窮極華侈。宣統辛亥春蠶既罷，曾舉行之，首尾相接，可七十餘艘，所耗逾萬，而四方觀者雲集，傷財且數倍之。辛酉又及期矣，邑人以頻年水潦為災，不堪其擾，力禁之，自是遂不復舉行此故事矣。

船

船之別名至多，而於江浙之間為尤甚。有曰「湖鯿子」，「山艑子」者，小船也。「滑滑搖」行於湖州。「龍飛快」行於太湖。「沙飛」大而迂緩，春秋朝山進香用之。「雙夾龍」為「無錫快」之最大者，婚嫁用之。江村富家，多有自製短篷以便往來者。吾邑沈迭生先生晚年以故宅不祥，弗能安居，乃終歲處舟中云。

病從口入

「禍從口出，病從口入。」飲食與人壽至有關涉，從來享大壽者，必有獨到之處。如曾滌生食後必周行數百步。袁子才食時咀嚼至細，然後下咽，款客酒食，以飯相伴，可以與飲酒同久。里中昔有壽母，年屆期頤，或叩以養攝之法，曰：「惟飲食以時，不使積滯為患耳；有病即減食。」此與西人治疾，先事滌腸之說，相合也。

馬如飛

同光之際有彈詞人馬如飛者，小有才，其開篇唱詞，即景生情，不相因襲。《珍珠塔》情節為小說下乘，彼能以詞采為士林所喜。所至座滿，吳門陶芑吾孫邑沈戟門為之推敲文字，故能熨貼自然。

知縣沈問梅好毛舉細故，某日見評話者意稍野妄，笞之。馬聞其來，故說仁義，有如學究講鄉約，沈大激賞，出謂眾曰：「大可聽得。」至今吳下唱《珍珠塔》者，咸以馬調相炫，實則不及其萬一也。

日本僧

草橋有龍壽庵，僅數椽矮屋，聊蔽風雨而已。某日來一行腳僧，求容一蒲團地佛家方便，自爾許之。時余方讀書草橋中學，與庵對宇，偶入庵遊眺，忽睹僧作木炭像，甚栩栩生動，頗奇之。與之問訊，僧言為日本人，畢業某中學，平素好佛學，聞吳中梵宮琳宇至夥，必有異跡，因渡太平洋以求，或有所獲。已歷常州、南京、揚州諸大叢林，行將渡海之普陀矣。問何事舉佛？曰：「我國於西方文明，漸能得其奧竅，惟於東方文明則所得甚少，而佛說為東方哲學之精深玄妙者，闡發光大，將肩任之。」操我國普通話甚純熟，觀其起居飲食，亦刻苦自勵，異矣。越半月他去，或疑其有他，亦無從臆斷矣。

電傳詩文

我國電報較郵政為先。甲午，江城吳寄荃先生赴會試，試後以所作首藝電傳至家，費近百金，時其伯父望雲太史猶在堂，得文許為佳作，後果獲雋，一時傳為佳話。

光緒末年，端方與蔡乃煌以電報傳遞詩鐘。曾國藩以八百里牌單快驛送詩於彭玉麟，皆得意忘形也。袁子才除夕送詩盧雅雨云：「今日教公輸一著，和詩遞到已明年。」急於星火，幾同軍書，亦文人習氣也。

梅啟照

張汶祥既刺馬新貽，白下震驚，蓋舊制凶人未弋，須屠城。時士子萬人正集，猶未入闈，惶駭萬狀。藩司梅啟照亟揭示謂：「凶人已獲，無事紛擾。」人心乃定。又棘闈中茶爐之供，亦梅所創云。

陸青天

金澤陸斡甫廷楨官河南劇縣，有青天之稱。令某邑，下車伊始，陸續報盜案七八起，斡甫令格殺弗論，得稍戢。庚子，慈禧后偕帝西巡，過是地，斡甫事供張，未行賂於宮監，為先至者狼食以盡，及車駕至，竟無以獻。慈禧怒，欲斬之，時張人駿撫豫，朱壽鏞為按察，俱以斡甫清廉難得，為緩頰之請，始得解。

婢有巨識

袁啖芋表叔為余言沈歸愚未第時，來館校書巢，課其曾祖兄弟行，時年已五十許，未有耦，有侍婢欲為擇嫁，婢不願，且云：「非如沈先生者不嫁。」主人笑其痴，聞於歸愚，頗樂其互識，竟娶之。

異菊

任君味知愛菊成癖，四方物色，不惜巨金羅致，以是東南佳色，盡萃於是。最饒別致者，一為「梨香菊」，形如磬，瓣脈細密，色紅白，嗅之不甚有香，以指略著花瓣聞之，得異香，與雪梨無殊。一為「錦心繡口」，「花瓣闊大，中心綠色，以電火映之，則見花瓣有綠絲縷縷，由深而淡，似春蘭然，其他若「柳線」、「金鐃」、「虎鬚」，皆臻菊之極變矣。

巨然山水

余嘗叩湖帆以所見書畫之精品，渠推怡園主人所藏巨然山水為最。白紙墨畫，一丈六尺以外，宋高宗元宗均鈐以玉璽，朱紅爛然。文宗題字，用唐紙，飛舞極矣。元明以迄清初，題跋約四十餘家，絲毫無損，招工海上重事裝池，工資四百金，日供三餐，不限時刻，聞之錯愕。湖帆嘗自撰聯云：

「貪錢集半兩秦斤，五銖漢幣。」「好色以丹青賦畫，朱黃勘書。」造意固奇，而襟懷浩落，足以副之。

蘇曼殊與麥芽塔餅

柳亞子君為曼殊搜輯遺著，不遺餘力，可謂無負故人矣。其所作《蘇玄瑛傳》，《蘇玄瑛新傳》，《蘇曼殊之我觀》，將蘇和尚之身世文學性情思想，曲曲寫出，蘇和尚不死矣。文中述其佚事，謂喜食采芝齋（原文誤為紫芝齋）之糖，與吳江之麥芽塔餅。

麥芽塔餅他處人都不解為何物？蓋民間之自製食品也。以麥芽與苧（俗稱草頭）搗爛為餅，中實豆沙，雜以棗泥脂油，其味絕美，既無餖飣之病，又少膠牙之患。常人能下三四枚，已稱健胃，而蘇和尚能下二十枚，奇矣。所謂塔餅也者，言可以疊置而不黏合也。

春日田家有事於東疇，每製之以餉其傭工，童時觀春檯戲，喫麥芽塔餅，拉田氓話鬼，承平之樂，不知世變為何事。今伏莽遍地，農村荒落，不敢再作此想矣。

醜道人斷情記

有號醜道人者，吳下華冑，海濱佳客。嘗於勾欄媐一妓，妓具隻眼，識道人非吝嗇者，必能多獲纏頭資澆裹，乃曲意纏綿，博道人歡。道人亦依違翠袖間，一若五體投地，任其播弄而弗辭也。於是妓得寸進尺，與道人論嫁娶，願為夫子妾，道人不拒，亦不變常度，妓知已默承，為之撤幟賃居，儼然以道人為白頭之侶。道人時就別業甜坐，卻不下榻，雖夜闌，必歸故巢，亦無留物，脫然若絕無牽惹者。妓笑曰：「道人有陳季常癖耶？」道人漫應之，不置辯。顧妓好動盪，不甘雌伏，每於道人未來已去之際，招搖市上，姿宴游之樂。為道人所聞，稍稍為妓言，顧無疾言厲聲相加，故妓忽之，不介於懷，縱行如故。

一日，道人拉二友赴別業，二友者好阿芙蓉，神遊太空，優哉自得。妓忽以有姊妹約辭，道人阻之，妓堅欲行，道人拂袖起曰：「余當先行！」置二友勿顧而去。越日，遣人齎金往，與妓絕，自是裹足不往妓所。妓乃恐，輓道人友緩頰，道人一笑付之，某夕，有某君招道人飲，道人驅車往，酒數巡，某君肅容謂道人曰：「君孌來訴苦，且告之悔，願聽道人命，不復有他，道人其重圓此垂破之鏡乎！」繼某而起作調人者，錯落五六人，皆勸道人勿為過甚，負美人情。道人曰：「不可！覆水難收，余意已決。」某君轉其詞鋒曰伊今日來我家，欲求一見君，僕以君為上客，不宜有此闖席者，堅弗令出，惟求君如伊願，許以一見，則伊心死，僕職盡矣。」爾時道人如入圍城中，思非計遁，恐生藤葛，乃長揖離席而謝曰：「盛賜恕不能醉飽，尚有豪貴者相期，他日當置酒為瓊瑤之報耳。」某君遮道留，道人捷足奪門而出，忽於闤次睹一粲者，盈盈欲淚，若有所待，則赫然道人之孌也。道人不俟伊之有言，破顏笑語曰：『我已盡語主人矣，再相見！』踉蹌登門外街車，未及語以所向，竟背道而馳。

道人告余曰：「是役也，無異亭長在灞上，皇叔在黃鶴樓也。」他日某君來，顏色懊喪曰：「疇昔之夜，伊滿欲見君，一傾積愫，不虞君之奪圍而出，若是其驟也。然僕備受責難，則又彷彿亞夫之斥重瞳。周瑜之咎魯大夫，蓋某君之如夫人與妓為手帕交，枕畔叮嚀，某固慨然自負為撮合山矣。」道人笑曰：「無以報盛情，其為君作畫疥壁，以償夙願可乎。」某君唯唯，三日後，畫成，則一秋柳圖也。某君展紙點首曰：「道人之志不可復移矣。」然妓猶依依如游絲，數數致書道人，終且有怨懟之詞。而道人題詞一闋於吳季子劍拓片，意謂情絲已為慧劍斬斷矣。

一日余與道人飲於酒家，道人語余如前。余驚嘆曰：「道人有佛力矣！」因賦〈揉碎花箋〉詞以美之：「能纏綿，能擺脫，慧業超人處。揉碎花箋，攪斷情絲縷，任他金屋空樑，燕雛折羽，渾不問呢喃何語。季子牀頭，一劍今重撫，看來秋柳婆娑新荑春吐，要別向長門輕舞。」

程雪樓

程雪樓在蘇州有兩事，不可謂非潤色河山，文人好事。其一為盤門之植園，當時有尼庵曰鳳池，發生姦殺案，庵封，遂謀擴大為公園，分區植木，略建小屋，較之今日之公園，廣大而幽蒨。程氏公餘，亦常微行至此，惜人去事廢，今半歸蘇州中學，半屬諸建設局，每當秋令，法國梧桐區，黃葉飛舞，猶饒勝概；即三春花事，亦有紅紫可尋，惟徑荒池涸，不復能與眾共樂矣。

其二為寒山寺，寺在楓橋，以唐張繼一詩而傳名域外，然荒廢已不堪遊眺；而夜半鐘聲到客船之鐘，亦為貧僧售諸日人。程氏幾經偵訪交涉，不得要領，後由日伊藤博文發起重鑄一鐘，以應故事。程氏乃籌資大加修葺，今已煥然一新。

猶憶蘇州第一次開運動會，程氏為會長，領頂輝煌而至王廢基，舉手於額，答學生少敬禮。午際，其戈什哈惡饅頭不食，唾為癩團黿之食料。為程氏所聞，大加呵斥，自啖一枚以為倡，則舊官僚之嫵媚處，亦有為新官僚一股洋氣所弗及也，程氏大病，目見群鬼嘈嘈，將有所不利，及癒，頗悔闞外為都統時，殺人過甚，乃痛自懺艾，為常州天寧寺僧以終。

瞻園垂絲海棠

南京大功坊瞻園，故中山王徐達邸也。園有太湖石極夥，頗具玲瓏剔透之致。有垂絲海棠，花時珠珞垂光，明媚莊嚴如古代美人作新嫁娘裝。今春含苞欲放之際，適逢雷雨，詰旦起視，已零落可憐，誠如唐詩所謂：「夜來風雨聲，花落知多少？」也。

陳佩忍丈主持江蘇革命博物館，常臥起於園中，睹花狀，賦詩以傷之云：「淡粉輕烟正好春，無端狼藉變香塵，天心亦復行秋令，我輩惟應墊角巾，冰鑑一泓翻止水，（原注云：園故有止鑒堂，即今之靜妙齋也）雷車三月送花神，紅妝自古遭奇劫，銀燭徒憐照病身。」徐自華女士和之云：「一叢穠豔一叢春，聞道摧殘委劫塵，無復阿嬌貯金屋，劇憐香女濕衣巾，花花葉葉原皆幻，雨雨風風慢愴神，欲寫綠章連夜乞，乞他休現女兒身。」

丁芝蓀

丁芝蓀先生祖蔭，虞山人。長吳江縣事有年，百廢俱舉，而尤以興學為最見嘉績。其人一恂恂儒者，而為之執事者，敬之不敢欺。好作詩，恆與地方人士唱和，臨去刊《一行集》謂「一行作吏，諸事遂廢。」實謙言也。近年卜居吳下，謝事閒居，頗得遂初之樂，新築廣廈，與公園相望，竣工未久，即逝世。吳江多盜，丁氏獲其魁殲之，盜焰頓戢。丁氏不工書法，其夫人作書頗娟秀，故有酬贈，輒倩代筆，亦佳話也。丁氏有兩子，光復後丁氏被推長常熟縣民政，喪一子，其夫人以為多殺人，故於任吳江時諄諄以戒殺為言，每歸必問曾殺人否？丁氏輒答以未，其實巨盜被殲者甚夥也。

返老還童術

希米得博士以返老還童炫世，就醫學上言，咸認為不易成功，因希米得用以繼青春腺者，取諸羊，羊之壽不永，不若猩猩，且人猿同祖，其理更通。故伏倫諾夫乃得世界醫學界之推許。

伏倫諾夫為俄羅斯人，生長於法蘭西，費數十年之研究，發明生殖腺。生殖腺有內分泌、外分泌兩種功用，外分泌為傳種，內分泌為營養身體各組織。年老力衰者，小溲往往短而緩，即生殖腺弛弱之證。中國節慾養生之說其意暗合，伏倫諾夫並謂生物應得之壽數，為發育完全年齡之十倍，譬如人類普通至二十歲發育完全，則其壽命應得二百歲，其所以不能達到此標的者，皆平時不善攝生之故，若將其生殖腺更換，可以享此遐齡。生物中除人類以外，惟猩猩之壽最長，伏倫諾夫曾以猩猩之生殖腺，與羊之生殖腺相接，突現奇績，蓋未接腺時之羊，已老邁龍鍾，接腺以後，毛落復生，精神煥發，且能與稚羊為生殖之工作，聞在歐洲已實驗六百次云。前年來華，在北京大學演講兩小時，著有專書，余友趙漢威博士過我語此，喜其新穎，為記之。

《殘唐五代史》

頃於坊間得一《殘唐五代史》，裏頁有李卓吾先生評，及聖歎外書字樣，當為清代刻本。魯魚尚少，分八卷六十回，起於「孫待詔史記世系」，迄於「周世宗禪位宋祖」。署羅本貫中編輯，首行云：「鐫李卓吾批點《殘唐五代史演義傳》總目」其敘言中有云：「其言辭詳略，與歐陽公《五代史》多有同異，後羅貫中編輯《殘唐五代史》小傳」則是書作者係根據歐陽氏《五代史》而作。所謂小傳也者，演義之體，小言詹詹也，羅氏之演釋史書，大抵有所依賴，如《三國志演義》之本諸陳壽《三國志》是，顧謝无量所著《平民文學之兩大文豪》中，僅列《三國志演義》、《隋唐演義》、《說唐》、《粉粧樓》、《水滸傳》、《平妖傳》，而未列《殘唐五代史》，然此書筆墨簡潔，決非庸俗人所能著手，每至重大事件，必有詩詞詠嘆，與羅氏其他諸作體裁相近，中以逸狂所作為最多。書中寫李存孝事甚煊爛，然《五代史》並無其人，故卓吾子評云：「考諸唐代，存孝之名，實未之聞也，此亦好事者之說歟？」

宋人《平話》之《新編五代史評話》，僅數見，未用全力，描寫大約當時有許多傳說，羅氏採入此書，以助其穿插點綴之用耳。記黃巢之結果云：巢兵敗，至滅巢山鴉兒谷自刎，其姪黃勉斬巢首以獻李克用。考《五代史》則云：巢至瑕邱，為其甥林言所迫，自刎死，《平話》則未詳。諺云：「黃巢殺人八百萬，楊和尚開刀。」即原本於《殘唐五代史》。《平話》亦未有此事。惟寫其出身時，情狀獨詳，若兩書參互取舍，可以別成一完善之《五代史演義》也。

送夏

吳門風俗，新嫁娘第一度端五，須以摺扇、絹帕、繡虎、角黍、枇杷、青梅饋遺親串，謂之送夏，僕婢亦例得一蒲葵扇，不知始於何時。《酉陽雜俎》謂：「北齊婦人，夏至日進扇及粉脂囊。」大約濫觴於此。《吳歈百絕》云：「插鬢金搖亦健人。」注謂是月婦女另製小釵，綴金銀符勝，如古步搖者，名曰「健人」。今已無此習尚。

送夏諸品中，以新郎新娘兩扇最為精美，大率以象牙為柄，並倩名人作書畫。舊時婦女用扇多為三十方細骨，以磁青泥金為面，磁青者，復以泥金作簪花妙格，非斗方名士不能工；泥金者，繪蝴蝶水草，或雜以罌粟，更見豔麗，今則易以五色鵝毛，蓋西方舞扇之變也。此外尚有新產物，即以樟腦丸置蠟線絡子中，十年前無此制，其實尚可改善，不妨益以石炭酸水，蚊烟香，則更為切用。然此戔戔，已費不貲，嫁女之難，可勝躊躇。

楊家將

小說《楊家將》一名《金槍傳》，誣潘美為巨奸，未免錯怪古人，蔣瑞藻《小說枝談》辯之甚明，蓋皆引正史為證也。惟《燼餘錄》所記，與小說獨近。記楊業寰州之敗云：「會蕭太后領眾十萬犯寰，業請潘美會軍出雁門，不應，業分死，出戰，士卒盡喪，慨然曰：『不幸為權奸所陷。遂死之。』正史言誤於王侁之貪功僥倖，是否曲筆不可知。《燼餘錄》為吳人徐文焯所作，徐生宋末元初，去爾時尚非渺遠，當不盡無據。或民間自有此說，即楊家將之名，亦始見於是書。

吳語

錢思元《吳門補乘》〈方言〉條，頗有不通用於今日者。如逞獨見而多忤者曰「箕箕」，音如列的，見《漢書》。無所可否而多笑貌者曰「墨床」，音如迷癡，見《列子》。胸次耿耿曰「佁儗」，音如熾膩，見司馬相如賦。有病曰「不耐煩」。疾速曰「飛風」，言人舉止倉皇曰「麋麏馬鹿」，謂四物善駭，見人則驚竄，故以為喻。可知言語亦隨時代推移也。

屯村報恩寺

屯村一作庉村，楊誠齋詩：「呼童早買庉村酒。」蓋昔時以善釀酒名。有報恩寺為吳赤烏中所建，燬於洪楊之劫，僅有數椽之存。惟基址廣漠，猶有痕迹，亦可以想見當日規模之大。相傳山門四大金剛，兩目俱為寶石所琢，為賊所抉，故今窈然成穴，不能怒目矣。而色相猶未盡滅，其巨與吳中報恩寺相彷彿。庭有樹，為雷火所焚，有如焦炭，而頂有新枝，依然蒼翠，若不相關係者。內有題名石一方，其文字為左行，與焦山〈瘞鶴銘〉同，字體亦遒勁，宋時物也。

磁馬克與舞扇

任味知君自德意志歸，貽我以磁馬克，其狀有如銅幣，文義為一馬克，歐戰時所製而未流行者，質如宜興所製陶器之砂，粗糙耐無光澤，有紅白二種，為貨幣之別開生面者。後識梁溪曹次庵先生，知渠藏中外貨幣甚夥，獨無此品，乃轉以貽之。

又味知君以兩銀元之值，購一舞扇，玳瑁為骨，鷹毛為翼，可以摺疊，張之大逾二尺，有金製皇冠與M之符記，蓋德意志貴嬪所揮也。襲以麂皮之囊，華貴可以想見，國破家亡，香奩之物，不意涉數萬里而至中國也。

許瑤光

許瑤光知嘉興府事，有能吏稱，自負博學，無所不能。有下吏患病來假，許紆尊往視疾，並望問聞切，暢論病源，兼及治法，興之所至，且為製方。下吏以上官關念懇摯，弗敢有違，即以方配藥而服之，竟至不起，亦官場笑柄也。

大姨夫作小姨夫

某女士嫁其亡姊之夫，即俗稱姊夫接阿姨也。有書致其女友云：「以亡姊之良人；作阿儂之夫婿，人生處此，情何以堪！以是綠窗靜對，每多心碎之詞，小案拈毫，盡是神傷之作。婿常抱黃門之痛，妹豈忘棠棣之哀。」宛轉有隱言之痛，而語妙足稱蘭言上品。

蟋蟀有潔癖

余友王愘臣君有賈相國癖，謂江南惟紹興所產蟋蟀，多猇勇。京華嶺南以此為戲者，甚盛。某年海上有一蟋蟀，號「無敵將軍」，所遇輒敗，勝役無算，後忽敗於一厥貌不揚者，咸以為異。取以與他蟲敵，他蟲甫交綏，即望望而去。客取而諦視，忽恍然大悟，蓋俗稱「臭嘴」，一啟其吻，敵即不堪向邇，望風而奔。西子不潔，掩鼻而過，不意蟋蟀，亦有潔癖。

賈璧雲

賈璧雲，旦角也。體環肥，好演風華之劇。顧頗有軼事可傳；余友何海鳴君《葬心集》有詩贈璧雲，有「信有微波傷往事」之句。蓋璧雲曾以資脫凌大同於險，時在壬子之夏，海鳴與大同主漢上《大江報》事，璧雲亦演劇是地。後以文字觸當道忌，將興獄，海鳴逃海上，大同幾及於難，賴璧雲贈資得脫。璧雲為偵者所疑，亦至海上。大同返鄂，仍殉於鷹犬。璧雲傷之，力語海鳴，勿再履險。亂世頭顱，有如草賤，而倡優反有愛才之心，宜海鳴之甘隸粧台，詩多側艷也。

南洋奇女子

海鳴語余南洋奇女子事，殊可記。女子姓潘氏，自號天南恨人。粵中貧家女，幼入勾欄，輾轉至日里棉蘭，遇丘武澤，委身事之，時丘年已四十，而潘方十七妙年華也。先是有閩人鍾，年少貌美，而又多資，夙有妻潘意，潘峻拒之，願歸丘。丘曰：「我年老，所蓄僅七百金，徒苦汝，無益也！」潘曰：「雖七十金何傷！況七百金耶！」為益三百，得千金，營小經紀，賴潘內助之力，無不利。越數年，獲利及十萬，潘勤操作如故，得暇則延師授讀，能知天下事，有救國之志，遂捐資興學，曰：「吾財由社會得來，將返諸社會也。」其識見雖士夫弗及也。

江曲書莊古物

吾邑江曲書莊，弆藏書畫稱最富，沈詠韶、賡黃兩先生先後謝世，遂分散歸諸兄弟行。余於其季弟明吾先生許，見兩物，頗可寶貴。一為沈關關繡顧茂倫濯足圖，雪灘古木，一老者坐灘上，神態蕭然，一童子持杖侍。姜垓題詩，並繡其上，繡工平薄如筆畫。垓字如須，明崇禎進士，國變後，變姓名，居於吳，門人私謚貞文先生，與兄埰齊名，今虎邱、山塘有二姜先生祠也。茂倫遊陳子龍之門，子龍死國難，茂倫隱居吳江之釣雪灘，今垂虹橋相對處。康熙時舉鴻博，巡撫湯斌聘修府志，俱以病辭，高人也。關關為邑人沈自繼女。母楊卯君用髮代線號為墨繡，關關能傳其技。圖之四周，題詠已遍，尤悔庵、朱竹垞、陳其年輩先後都四十餘，無乾嘉以後人也。

一為友竹軒圖卷，元金玉局副使崔君誼，隱居震澤，植竹宅周，繪圖寓意。周伯過題字，秦約、文徵明題詩，惟高啟所題，已失於前，圖亦無存，陸廉夫先生為之補作友竹軒圖，乃成完卷，六百年文章道德，精誠所在，非偶然也。

任立凡

蕭山任立凡預，落拓不羈，同光之際，來吾里，常居任氏南雲草廬，爾時南雲草廬頗具花木之勝。立凡嗜阿芙蓉，平時不耐伏案久畫，杖頭錢缺，乃振筆揵揮，輒成妙藝。時高臥烟霞之榻，瞑目有思，忽興到即躍起作畫，興盡隨手拋棄，不復點染修飾，故多未完之稿，有土肆經紀某，屢乞其畫不得，一日，立凡向貸土，即以扇索畫，立凡於肆中揮成，已題款矣，未有印章，乃任其携去。不意甫出門，即為他人易去，某經紀終未得也。

每歲闈言歸，不能成行，陸廉夫先生輒為治行李，明年復來，則行李已付長生庫矣。醉後和衣而臥，天雨不去泥鞾，蓬首垢面，彷彿苦力。某官聞其名，強致入署，令作畫，恣吞吐烟霞無吝色，又侍以美婢，立凡草草成數幅，信宿即踰牆而遁。其怪誕如此，顧其畫淡遠微妙，遠追雲林，比近酯士，純乎天才也。

陸廉夫

陸廉夫恢少，日居吾里，所居曰話雨樓，今已易主。初粥畫時，扇頭一面，僅青蚨五百而已，然在當時，已為昂。值其先從周莊陶、詒孫學，以質實為長，及任立凡來，見其所作蕭疏淡宕，有元人家法，頓悟妙諦，乃舍其舊而新是謀，一改本來面目。後至吳門與顧若波、倪墨耕諸畫人遊，並於吳清卿、顧之珊諸藏家得睹宋元以來名作，其藝乃猛晉，從知交遊與學問，相成也。

乾嘉時女子之裝束

《吳門畫舫錄》記余鳳蕭云：「姬爭綰慵妝。披霧縠，卸留仙妝，曳薄羅窮袴，胸前繡襪，承以金絡索，茉莉堆鬢如雪。」《續錄》云：「余弱冠時，見船娘新興，緩鬢高髻，如張兩翼，髻則疊髮高盤，翹前後股，簪插中間，俗呼元寶頭，意仿古之芙蓉髻，後改為平二股，直疊三股，盤於髻心之上，簪壓下股，上闕金銀針，意仿古之四起髻，今又改為平三套，平盤三股於髻心之外，意仿古之靈蛇髻也，鬢則素尚鬆緩，若輕雲籠月然。」又云：「簪鬢尚鮮花，厭珠翠。」此等裝束，為乾嘉時所流行，其後雖屢有變更，然未有如今日之甚者。故余謂風俗之移易轉變，女子之裝束為最先。

倡寮

乾嘉時倡家多在山塘，即今冶坊浜一帶，《吳門畫舫續錄》所謂「覓得百花深處泊，魂銷只有冶坊浜。」也。洪楊後，遷入城闉，即今倉橋浜一帶，頗有秦淮水閣風光。商埠既闢，乃連袂出城，初集於青陽地，所謂「閶門過去盤門路，一樹垂楊一畫樓」也。（原詩為常熟宋玉才所作，其時當在康乾之際，不意二百年來，復能印證。）後鐵道置站於閶門，商市亦隨以東移。鶯鶯燕燕，復遷於阿黛橋邊，而舊時門巷，無從彷彿矣。

穿珠巷

穿珠巷實為專諸巷之誤，近城根處有要離、梁鴻二墓，沈仲廉丈曾藏其墓碣拓本，字大徑尺。巷內多珠寶玉器之肆，故雖諧音，亦頗可通。陳佩忍丈吳門寓齋題壁云：「金昌亭下寄儂家，俠骨高風渺莫誇，只有專諸門巷在，明珠穿遍女兒花。」亦他日一里巷掌故也。

葑門與盤門

蘇城葑門盤門最見冷落，其間亦有原因，楊循吉《吳中故語》云：「葑門以信國之入，至今百載，人猶肅然，武寧入閶門，故今民物繁庶，餘門皆不及也。」信國公為常遇春，武寧王為徐達，常遇春以蘇城久攻不破，曾宣言：城下，三歲小兒亦當斫為三段。後入葑門，遇城中士女，必處以軍法。武寧聞之，急使人捧令牌迎常軍曰：「殺降者斬！」乃止。

又故老相傳，清初八大王以兵入盤門，亦以江南反抗者眾，深憾之，見人即殺。至飲馬橋，見有似關羽者，橫刀立馬，遮道於前而止。故飲馬橋南瓦礫尤多，或云：「當時蘇人舁關羽像，置橋上，清兵不察，誤為顯靈而退。」滿洲人甚信關羽，此說或可信。

陳武

吾里李家港有陳野農者，名武，初執役於謝天港陳氏，後為吳雲璈從者。能作畫，隨雲璈謁陳曼生於溧陽官舍，為錢叔美所知，命作畫數筆，大激賞，力加指點，遂以青衣廁布衣之林，畫乃猛晉不已。惟不能書，黃祝唐時為代題云。

国

今人咸知國字作国，為洪楊時所創，不知元時已有之。商務印書館影印元至正本《三國志平話》，國字多作国。四部叢刊影印朋刊本芮挺章《國秀集》，國字亦作国。初或為書賈鋟刊省筆，後以意義可通，遂相習用。光復時，有書作囻者，不久即絕跡，可知民主政治之杳不可期也。

張曜

張朗齋曜大興人，幼習商於吳江黎里。後以武功受知於僧格林沁，官至河南布政使，為劉御史楠劾其目不識丁，降總兵。夫人蒯氏，黎里人，知書識字，朗齋乃以夫人為師，潛心壹志，卒通經史。後隨左宗棠平回，授山東巡撫，天南遯叟王韜不得志於洪楊，曾投謁朗齋，言辭侃侃，聞者錯愕，朗齋嘆曰：「此狂士也，不可以共經濟之謀！」贈金謝之。濟南大明湖及西湖斷橋均有祠祀，志乘著錄，於其籍貫，每多誤，或大興，或錢塘，或吳江。實則於大興為從軍時之籍貫，於錢塘為其世籍，於吳江則寓賢之列耳。

朱竹垞風懷詩

朱竹垞有〈風懷詩〉二百韻，當時即傳其十分珍視，謂寧不食兩廡特豚，不肯刪除此作。近人姚大榮撰〈風懷詩本事表徵〉，考證得此詩為其小姨而作。松江姚鵷雛作說部《燕蹴箏弦錄》，即演其事，自序云：「書中事迹，大類勝朝之初，秀水某鉅公早年影事，要之寓言十九，無足深考。」蓋尚存忠厚，以迷離惝怳出之。金山高吹萬序云：「考竹垞娶於馮，其妻名福貞，字海媛。妻之妹名壽常，字靜志。詩中所云：『巧笑元名壽，妍娥合喚嫦』者。分藏其名，最為明顯。」則明言無隱矣。

胡雪巖

杭人胡雪巖，以一商人，震動朝野。李蒓客《越縵堂日記》載之甚詳，錄之以見當日雪巖之炙手可熱。「光緒九年，十一月初七日，昨日杭人胡光墉所設阜康錢舖，忽閉。光墉者，東南大俠，與西洋諸夷交，國家所借夷銀，曰洋款，其息甚重，皆光墉主之。左湘陰西征軍餉，皆倚光墉以辦，凡江浙諸行省，有大役，有大賑事，非屬光墉，若弗克舉者。故以小販賤豎，官至江西候補道，銜至布政使，階至頭品頂戴，服至黃馬褂，累賞御書。營大宅於杭州城中，連亘數坊，皆規禁籞，參西法而為之，屢毀屢造。所畜良賤婦女以百數，多出劫奪。亦頗為小惠，置藥肆，設善局，旌棺衣，為饘鬻。時出微利以餌杭士大夫，杭士大夫尊之如父，有翰林而稱門生者。其邸居遍於南北；阜康之號，杭州上海寧波皆有之，其出入皆千萬計。都中富者，自王公以下，爭寄重資為奇贏。前日之晡，忽天津官報言其南中有虧折，都人聞之，競往取所寄者，一時無以應，夜半遂潰，劫攘一空。聞恭邸文協揆皆折閱百餘萬，亦有寒士得數百金，託權子母為生命者，同歸於盡。今日聞內城錢舖曰四大恆者，京師貨殖之總會也，以阜康故，亦被擠危甚，此亦都市之變也。」光墉為雪巖名，其盛也勃如，其衰也倏焉，有如南柯之夢。今惟胡慶餘堂尚存，而上海之分肆已易主矣。

《彭公案》

《彭公案》為清代卷帙最多，影響於社會最深切之小說。正集二十四卷，一百回，光緒十七年貪夢道人作，其後續出至十七集，不盡出於原作者之手，故凌亂拼湊，不可卒讀。《花朝生筆記》云：「《彭公案》較晚出，而名與《施公案》埒，蓋衍彭剛直公玉麐事也。」惟考李元度《國朝先正事略》：「彭鵬字奮斯，號無止，一號大愚，福建莆田人。順治十七年舉人，康熙中，官三河知縣，摘奸發覆，治獄如神。有中夜矯詔傳內旨者，公察其詐，延與談，陰遣人發其橐具，得奸狀，置之法，頗於《彭公案》所演述者相合，非玉麐事也。」鵬後為廣西巡撫，墨吏望風解綬，以清廉著於時。某大官之任，上諭之曰：「爾能如張鵬翮、李光地、郭琇、彭鵬，則不但為當今名臣，即後世亦足取重矣。」京劇之取材於是書亦甚夥，故其人幾於家喻戶曉，惜是書文筆庸劣，其後更多雜湊，若加刪節整理，亦一可傳之作也。

磁觀音

羅某虎邱山塘花傭也。積資經商，得小康，轉展至奉天，投張雨亭，時張僅為協統焉。後張得意，羅亦歷任要職，腰纏累累，翩然歸里。頗好骨董，其外姑佞佛，一日，有客饋以磁觀昔，外姑以嬌婿嗜此，轉贈之，羅識為新貨，惟卻之為不恭，乃隨手棄置，不復措意。已越五六年，忽接其故人鄭某書，謂：「新以巨金易得一磁觀音，聞君亦有之，請假以相較。羅答以已失所在。越日，有舊部張某書來云：在七年前曾以古磁觀音一尊為壽，願得一糊口之地，貴人善忘，迄今未蒙援手，今窮無所歸，敢請以磁觀音見璧，俾得復易千金，以度無聊之歲月耳。」羅大駭，急詣鄭許，則鄭並未以巨金易磁觀音，並未有書問羅。知受紿，求計於律師蔣，蔣曰：「易易耳：君於肆中買一新磁觀音予張可也。惟告以何處尋得，須委宛曲折，自圓其說，庶不露破綻。」羅如言，果無反響。

小名

今人輒為子取小名和尚，不知亦有所本。宋王闢之《澠水燕談錄》云：「歐陽文忠公不喜釋氏，士有談佛書者，必正色視之。而公之幼子，小字和尚，或問公：『既不喜佛，排浮屠，而以和尚名子，何也？』公曰：『所以賤之也！如今人家以牛驢名小兒耳。』問者大笑，且伏公之辯也。」

鴟吻

屋脊兩端，必置龍吻，其實乃鴟魚之像也。宋吳處厚《青箱雜記》：「海有魚，虬尾似鴟，用以噴浪，則降雨。漢柏梁台災，越王上厭勝之法，乃大起建章宮，遂設鴟魚之像於屋脊，以厭火災。即今世之鴟吻是也。」

賣花

吳門賣花聲為最曼妙，惟多在清晨，蓋備作曉粧點綴也。所謂「小樓一夜聽春雨，深巷明朝賣杏花。」者是。然宋邵伯溫《河南邵氏聞見錄》云：洛陽盛時，花市以筠籠賣花，王平甫有詩云：「風喧翠幕春沽酒，露溼筠籠夜賣花。」則在夜間賣花，幾與今日海上相似，至以筠籠置花，吳中惟初春賣蘭花則然，其餘俱用筠籃也。

柳敬亭

柳敬亭以吳梅村一傳垂名不朽，雖同時如韓圭湖供奉明世祖，不能如柳之膾炙人口也。茲就明清之際諸家詩文筆記，會合參互，得其梗概，較吳傳為詳。吳傳云：柳之師為雲間儒者莫君後光。然在先時，已傾市人，平時談吐，亦議論風生，詼諧入妙。吳所作〈楚兩生行〉云：「一生挾頰商談妙，君卿唇舌淳于笑，痛哭長因感舊思，詼諧尚足陪年少，」顧佛南開雍〈柳生歌〉云：「廣陵柳生能好奇，千年野史口說之，……諧談一笑哄滿堂，長風天末涼如水。」陳其年〈左寧南與柳敬亭軍中說劍圖歌〉云：「辨士者誰老無齒，魋顏摺脅醜且鄙，得非齊蒯通？可是柳麻子！此翁滑稽真有神。」張山來《虞初新志》云：「戊申之冬，予於金陵友人席間，與耕生同飲。……滑稽善談，風生四座，惜未聆其說稗官家言為恨。」錢遵王注〈錢牧齋左寧南畫像歌〉云：「寧南既老而被病，惟塊然一榻，柳生敬亭善談笑，軍中呼為柳麻子，搖頭掉舌，詼諧雜出，每夕張燈高座，談說隋唐間遺事，寧南親信之，出入臥內，未嘗頃刻離也。」其所說書，善揣摩英雄盜賊，故《水滸》最擅勝場，其次則《隋唐演義》。王于一猷定〈聽柳敬亭說書〉云：「英雄頭肯向人低，長把山河當滑稽，一曲景陽岡上事，門前流水夕陽西。」顧佛南〈柳生歌小序〉云：「柳生所至輒傾諸豪，是時南中士大夫避寇卜居者，多暱柳生，與之遊。……為僕發故小吏宋江軼記一則，縱橫憾動，聲搖屋瓦，俯仰離合，皆出己意，使聽者悲泣喜笑。」汪季甪懋麟〈柳敬亭說書行〉云：「英雄盜賊傳最神，形模出處真奇詭，耳邊恍聞金鐵聲，舞槊橫戈疾如矢。聲節擄案時一呼，霹靂迸裂空山裏。」余澹心《板橋雜記》云：「柳敬亭善說書，遊於金陵，吳范司馬、桐城何相國引為上客。……又游松江馬提督軍中，鬱鬱不得志，間遇余僑宴宜睡軒，猶說『秦叔寶見姑娘』也。」

年八十，猶矍鑠，入清尚為人說寧南故事，晚境殊頹唐，故顧黃公閱梅村〈王郎曲〉雜書絕句志感云：「柳生凍餓王郎死，話到勾欄亦愴情。」有子，先敬亭卒，吳中有三山居士者，為之卜地以葬，並為敬亭營生壙，錢牧齋有〈為柳敬亭募葬疏〉。柳之身世，以周容《春酒堂集》所記為最詳。謂「敬亭曹氏，泰洲人。少飄騖不法，亡命如皐，追捕已及，隱柳林獲免，遂指為姓。」又云：其技傳之華亭莫生，此說與〈吳傳〉岐異，不知孰是也？《小說世界》載南通錢嘯秋君言：敬亭為宋曹彬後，元亂，乃遷居通州之餘西場，名永昌，字葵宇，曾一度遷泰，故世誤為泰人。配龔氏，生子二：長復祖，次正祖，俱載通州《曹氏族譜》中，則又與〈錢疏〉微異矣。

包閻羅

俗傳包拯為陰司閻羅王，其說在宋時已盛。《宋史・包拯傳》云：「童稚婦女，亦知其名，呼曰包待制。京師為之語曰：『關節不到，有閻羅包老』」又云：「拯立朝剛毅，貴戚宦官為之斂手，聞者皆憚之，人以包拯笑，比黃河清。」故後人衍為《龍圖公案》，所謂龍圖者，以拯官龍圖閣直學士也。

狄青

小說謂狄青為武曲星，包拯為文曲星，同時下凡，至南天門，各取頭拋擲為戲，為王靈官所見，舉鞭相逐，急以頭置頸上，倉卒未辨，遂致誤易，故包黑面猙獰，而狄反白面如書生，臨陣必戴面具，以狀其威武。荒誕可笑，孰知此說亦有所本。《宋史‧狄青傳》：「青奮身行伍十餘年而貴，是時面涅猶存，帝常敕青傅藥除字，青指其面曰：『陛下以功擢臣，不問門地，臣所以有今日，由此涅爾，臣願留以勸軍中，不敢奉詔。』」涅為一種顏色，用以刺面者，《水滸傳》屢見之。

《宋史‧兵志》云：「泰寧軍節度使李從善部下，及江南水軍凡千三十九人，並黥面隸籍。」狄青初隸騎御馬直，為親近之扈從，故須刺面，以示鄭重。後為軍帥，恐為敵所譏，故以面具掩之，則狄之臨陣用面具，所以掩面涅，小說好以神奇附會也。

太平天國之曆

曩者承役縣志採訪，於故家敗紙裹中，得《日記》一小冊，首尾不完，以記中人物稱謂推之，為族伯祖巳生公所筆述，中記洪楊事甚細。謂：同治元年十二月二十四日，為太平軍之元旦。余因以研究其曆法，初疑其用太陽曆，後胡寄塵君於東方圖書館發見太平天國頒行曆本之奏疏詔旨，始知係自由製定之新曆法。以三百六十六日為一歲，單月三十一日，雙月三十日，以立春，清明，芒種，立秋，寒露，大雪，為十六日，餘俱十五日。此為他書記載所缺者，即官書亦未有言及其曆法也，又許瑤光〈談浙〉，亦有此記。

女說書

宋時彈詞屬諸盲女，箇中人號曰「陶真」，故彈詞亦稱盲詞。及明猶然，清季乃為倡門之別派。天南遯叟《淞隱漫錄》，《瀛壖雜志》，《淞濱瑣話》，《海陬冶遊錄》記之甚詳。其時稱「說書」，如周瑞仙以說《三笑姻緣》得名，朱素蘭年五十許，猶作筵間承應，蓋重藝不重色也。並謂女子彈詞，以常熟人為最凄婉動人。同治初年稱盛。其後以說書學習非易，漸易京調。然光緒初，每歲必有會書一次，須各說書一段，不能與及不往者，皆不得稱「先生」。於是狎客尊之曰「校書」，而箇中亦自榜曰「書寓」，今倡門猶稱妓為「先生」，蓋襲女說書之舊，名存而實亡矣。

船趌風之神話

江南夏令，必有大風，輒亘數日不止，俗稱「船趌風」。相傳有一神話，謂：「某孝子以母病誤農事，憂形於色。忽來一老婦，慰之曰：『小暑裏種田不為遲，鐵扁擔挑稻兩頭墜。』某孝子乃安心侍母疾，迨母癒，已過芒種，始下種，從事耕植，村人咸笑之，以為小暑且屆，無及矣；且爾時天氣漸熱，弗合於農事。孝子默禱於天，忽起大風，反較前此為涼快，孝子得從容完田事。及秋，收穫獨豐，木扁擔竟不勝擔荷，易以鐵扁擔，兩端仍下墜成弓狀，村人嘆為純孝之報。從此遇天時失調，俱於舶趠風訊中補植焉。」

葉夢得《避暑錄話》云：「常歲五六月之間，梅雨時，必有大風，連晝夜，踰旬乃止，吳人謂之舶趠風，以為風自海外來，禱於海神而得之。」字書舶，簿陌切，與白同音；趠，敕教切，行也，起也。今吳語讀如「白草」，某君有聯云：「黃梅時節家家雨，白草天公處處風。」自謂工絕，不學可笑。蘇東坡有詩云：「三旬已過黃梅雨，萬里初來舶趠風。」蓋此名詞，於宋時已流行矣。

金壽田

光緒之季，吾里有金壽田者，頗具小說天才，惜在時文勢力之下，無由發展其思想之自由，復以身弱，染阿芙蓉癖，益頹廢。曾撰小說二種，一名《黑海鐘》，述鴉片之毒；一名《六月雪》，記楊乃武事，俱時中書局出版。《六月雪》均根據《申報》所載前後章奏案牘，故較坊間所出《楊乃武彈詞》為翔實，《申報》假自我家，蓋我家於同治十三年春，即閱《申報》，且均按日收藏，後亦散佚。

兩書署名田鑄，蓋以其姓名離合而成。君尚有一章回小說，記許竹筠事，未成而卒。竹筠名景澄，嘉興人。為拳亂時三忠之一，同治進士，官編修，工駢文，尤研究經世之學，出使俄、法、德、義、奧、荷諸國，官至吏部侍郎，兼理外交事務。以反對義和拳，與袁昶聯名極諫，為慈禧太后所殺。娶吾里朱容甫女秀寶為妾。相傳竹筠秉節航海，亦以妾承六珈象服之榮，充公使夫人，與洪文卿之携賽金花相類。是書即以此事為骨，若天假以年，完成是作，或可與《孽海花》並駕也。

湖州之潮音橋

余至湖州，過市橋，舟子相戒勿作聲，謂橋下有怪物，聞人作聲即起而為祟；或使船欹側，或擱淺，或使旅客猝然暈倒，或登岸躓石而仆。後叩諸湖州人，云：橋名潮音，俗譌為橋影，以為橋下尚有一橋，當年太湖水發所淹，並潛伏黑魚，能為人患，故勿使聞人聲。相傳清初浙江巡撫某，巡行過此，舟子以是告，巡撫不信，命護從登鷁首，頓足駐呼，已而水忽四湧，為勢極猛，汎濫將覆其舟，乃具香燭禮拜而息。故凡過此橋，必守金人之戒。

《歧路燈》

《歧路燈》李綠園作，筆墨與《儒林外史》有異曲同工之妙。其間寫侯冠玉命其徒閱《西廂》，《金瓶梅》，頗有妙論。謂「《西廂》文法，各色俱備，鶯鶯是題神，忽而寺內見面；忽而白馬將軍；忽而傳書；忽而賴柬，這個反正開合虛實深淺之法，離奇變化不測。」又云；「《金瓶梅》那書，還了得麼，開口熱結冷遇，只是世態『炎涼』二字，後來在豪華門前放烟火，熱就熱到極處；春梅舊家池館，冷也冷得到盡頭。大開大合，俱是邱明的《左傳》，司馬遷的《史記》，脫化下來。」在乾隆之際敢作此語，自是大膽。

李涵秋

李涵秋以《廣陵潮》說部名滿宇內，此外長篇說部，達三十餘種，而未及完書者幾及其半，蓋在海上同時撰五六種，而刊布之書報，有壽不永者，故多戛然而止。余友程瞻廬謂輓近小說界，有三枝好筆，琴南之高，天笑之美；涵秋之暢，各擅勝場。此論最為確當，涵秋並能詩，其哭徐念慈有云：「傷心文字皆成讖，撒手幽明便異居，濁世本無天可問，浮生覺比夢尤虛。」又云「嫉人太甚寧為鬼，入世嫌多肯出山，卅載終憐遺蛻疾，十年不為著書閒。」可以移哭涵秋也。惟晚年為生活所驅使，未免粗製濫造，故祇《廣陵潮》，可以久傳耳。

白雲庵籤

西湖白雲庵籤，用四子五經及唐宋人詩，每有奇驗。余友南雲生於丙寅春，偕其愛侶蓮女士往卜，蓋生意欲納蓮為篷室也。生得籤曰：「可妻也！」蓮得籤曰：「德者，本也，財者，末也。」兩人乃大喜，返滬營金屋焉。越三年，生與室人珍女士遊湖上，生復以納蓮事問，得籤曰：「仍舊貫，如之何，何必改作！」似月老猶未忘「可妻」之示也。生欣然語珍，珍雖達，不無介介，亦禱於神，且有微詞，則得籤曰：「兩釋累囚，以成其好。」珍知月老之左袒，遂不復梗。

王大覺

青浦王大覺德鍾，風標俊逸，而才華足以副之。初讀書於周莊之沈氏小學，八歲已隸第四年級，及長，詩文詞並擅。傭書海上，碌碌不能展其長，倦歸里門，鬱鬱成瘵疾卒，年僅，三十許耳。其著作散見《南社叢刊》，佳句有「船移春水人皆綠，樓傍斜陽夢亦紅。」則偕婦遊吳門也。「雨後鶯聲滑，雲根日影微，幽泉寒自語，眠鶴倦難飛。」則遊留園也。而《山塘雜詩》尤覺風華跌蕩，如「落盡杏花春已半，珠簾捲雨弄琵琶。」如「著意傷春春不管，有何情緒弔真孃。」如「記得玉人妝未罷，綠楊門巷賣花聲。」如「絕妙樓台三五夜，如何沒箇捲簾人。」如「七里山塘歌草草，夕陽紅出破樓燈。」皆確能狀出蘇州幽倩之情況，惟收煞處，都有秋氣，宜其不壽矣。即為《詩餘》，亦輕蒨可喜，余最愛其題〈踏雪尋梅圖搗練子詞〉云：「雲冪冪，雨霏霏，偶憶瓊姿映小溪，踏雪尋來翻不識，紅梅頭白白梅肥。」

傳笏堂

騰衝李印泉先生謝事居吳門。奉母闞氏，因號其所居曰闞園。母喪，葬石湖之濱，廬墓以盡其哀。於河南開封得吾邑周恭肅公用牙笏，長一尺六寸八分，厚三分，廣二寸四分，上剡一寸八分。笏陰鋟字曰：「周恭肅公遺澤，後裔日藻謹藏。」余友周伽陵君為恭肅十二世孫，聞之，請一見，果舊物，為洪楊時所失，印泉先生慨然即以為贈，並大書「傳笏堂」三字予伽陵，伽陵製額以懸於其廳事，亦奇遇也。

銅殿

玄妙觀祖師殿之庭，有銅殿，其體制與三清殿彷彿，方三尺許。相傳明洪武起兵時，曾焚武當山殿，登極後重建，並範銅為模，凡十三省，省各一座，此其一也。又祖師殿有天將六，其五為銅製，甲尾文云，「嘉靖三十四年查鼎潘鼎敬助」。

俞金門

常熟俞天憤君之尊人金門先生，為翁松禪相國之甥，道德學問，足為矜式。余曾請師事，先生撝謙以辭，惠詩有云：「漸無紉佩酬詩客，敢似疏狂託夜郎，爛熳東風桃李樹，如何栽傍及肩牆？」蓋余方為小學教師也。先生一門風雅，故於其逝，輓之云：「心期百里，可近比曲團，遠追午夢；私淑十年，剩一聯墨妙，數什清吟。」聞彌留時，口述自輓聯云：「造化弄人，婦死夫生辰，夫死婦生辰，算得同生同死。」下聯請其友蔣子範代續云「返求諸己，知歸言受命，言歸知受命，庶幾全受全歸。」蓋先生於靜坐功夫極深，故始終神識湛然也。

《兒女英雄傳》

《兒女英雄傳》為文鐵仙康作。鐵仙為勒文襄公保次孫，以貲為理藩院郎中，官至駐藏大臣，生於道光咸豐間。然書端有雍正甲寅觀鑑我齋及乾隆甲寅東海吾了翁兩序，皆偽託也。全書四十回，然觀末回語氣，似四十回後，尚自有書，為後人刪去者。

書中之紀獻唐影年羹堯，而何玉鳳似影呂晚村女四娘也。呂晚村晚年號何求老人，或作者取第一字為姓耳。作者寫此女俠，所以反對《紅樓夢》之專寫兒女之情，頗稱生面別開。即其斥八股為「無本之學」，抨擊《四書・朱注》，謂「過信朱注，則入腐障日深，就未免離情理日遠。……以致從南宋到今，誤了天下後世無限讀者。」皆有膽有識之論。

考清初三鼎甲，不與滿人，所以陽示尊重名器，陰以籠絡漢人。惟同治乙丑狀元，為滿人崇綺，始破其例；故作者於安驥之得探花，亦云：「破天荒」也。又談爾音落魄唱道情，其體裁寓意，與鄭板橋所作頗多相類處，如「馱來薏苡寃難雪，擊破珊瑚酒未寒。」與板橋之「南來薏苡徒興謗。七尺珊瑚只自殘。」及煞尾「俺則待唱這道情兒，歸山去也。」竟一字不易，不能謂無因襲之跡也。

豔尸

吳江之嚴墓市有地曰錢濱，一日，陳一艷尸，裹以絲棉被，復縛以布，甚密，解之，則二十許女子也。不知所自來，報縣，檢吏至，驗得左肋短兩骨，腋下有鉛絲燙傷痕，背有沸水澆傷痕，知有隱。乃以其狀，招尸屬認領，而留一金線戒指為證。久久未有影響，知事林芇楨巡行至嚴墓，謁處士嚴忌墓，及崑崙山人王叔承墓後，就里中士夫讌飲。席間林慨然曰：「吾睹艷尸慘死狀，不怡累日，道路傳言為震澤徐氏之妾，不知何由至此？尸屬即不出而求雪，宰官應求其水落石出也。」眾以此無頭案，殊不易破，唯唯承諾而已。

席終，林命舟赴震澤，夜未央，已抵市，逕趨警察所出手諭命拘徐漢臣夫婦及舟子阿桂來，既至，一鞫而伏，謂：「先以妾閉置空室，使飢寒乏力。復以榔頭擊其胸，以鏹水灌其口，待其氣絕，命舟子阿桂負尸至錢濱，初欲納諸空墓中，以爾時適有人來，即棄之而逸。」蓋漢臣於鄉里頗具潛勢力，非乘其不備而攫之，不得也，惟尸屬未得，不能定讞。

復越月餘，有方儒榮者。投案承死者為其養女小白蘭花，金線戒指，即方所予蘭者。云：「在金昌置么妓院，江浙戰事起，避兵虞山。一日，忽來稔客，即徐漢臣也。託言遊覽名勝，攜蘭與俱，以其素稔而許之，迄晚未返，屢訪不得，日前歸吳門，復張舊幟，客有問及蘭者，具以告，客即言吳江林知事破一無頭案，其凶人則徐漢臣，姑來一探，孰意果此獠也。」於是案乃定。

陳名侃

陳名侃，於光緒季年為外務部左丞。適某國公使更替，明日當帶領入覲。是夕陳以雀戰未寐，昧爽匆匆至乾清宮伺候，誤將前任公使之名單，呈於瞿子玖尚書，尚書接視，大怒，摔之地曰：「如此糊塗！」陳俯拾之，始知其誤，然新任公使名氏，惶恐間已不能記憶。其時人員已齊，上將視朝，而乾清門已閉，徬徨無策，懊喪欲絕。適度支部侍郎潘盛年亦入值，靴中預備紅片水筆，知陳窘，招陳重寫，陳告以心慌手顫，不能執筆，幸潘固知公使姓氏者，乃倚巨缸之緣，代為繕就，與之，陳重呈於瞿。出朝後，向潘謝曰：「公真救星也。」當時辦理外交之漫不經心如此。

溥儀承統之異聞

某侍郎云：「德宗方晏駕，慈禧太后召軍機大臣入宮，商繼承大統之人。甫定溥儀，諭旨纔交張文襄手，忽有某邸入奏，謂：「今國家多難，應立長君，溥倫曾出洋考察，立之最宜。」太后意動，欲更換，而某軍機又將發言，文襄聞之，懷旨疾趨而出，太后命太監傳喚，謂有後命。文襄掉頭不顧，於是溥儀入承大統之旨，遂布於外。事後問文襄，何事急遽如此？文襄言：「此等國家大事，全在當機立斷，一經遲疑，則覬覦競奪之禍作矣。」

五色旗

人言五色旗為程德全撫蘇時倉卒間所成，此語不足信。辛亥光復，余適讀書於草橋中學，九月十五之晨，往撫署，見門外懸「江蘇都督府」旗幟，其左右旗杆，則懸「興漢安民」旂，為張昭漢女士所書。街市間揭白布一方，或書「漢」或書「大漢」，蓋以白為和平與順從之表示。朱梁任先生云：光復後若干日，湖北軍政府派員齎國旂來，即九星相簇之陸軍旂也。當時並未見五色旗。或云：此旂制自武昌，後通過於臨時參政院者。自青天白日旂出，而此旂遂與清代之龍旂，同為骨董，曇花一現，歷十五年，是亦值得回味者矣。

嫁杏

十五年二月金鶴望師移居新橋巷，書家畢勳閣先生繪杏花折枝為贈，師以舊居混堂巷費仲深先生宅，有紅杏一株，此時花事正好，乃題其畫曰嫁杏圖，謂移居不能移杏，此圖可坐對吟賞也。穀雨前三日，治酒招飲，龍池寺住持大休和尚抱琴而至，於心節雙清之室，奏〈漁歌〉〈普安〉〈平沙〉三闋，未終，以客來寒暄琴音以亂，乃推琴而起。以冊子乞題字，師寫二十八字云：「寒山寺裏鐘聲寂，別有中興禪將來，我亦華嚴湧彈指，牡舟平台起樓台。」因庭中牡丹方盛開也。

大休茹葷飲酒，且能作詩作畫，曾刊《詩畫禪》一冊。張仲仁先生題「雖休勿休」四字，並語大休曰：「天地間萬物無所謂休不休也，雖圓寂歸淨土，而構成人體之炭輕淡養，固遊戲空間，未嘗休也，故非至地老天荒，決不休。」大休合十稱善哉。

席散，師分箋索題，余奉題四絕：

先生門外柳新栽，又見紅雲照地來，
別有春風煊爛處。東南桃李半瓊瑰。

彈指松風雅奏聞，天花丈室落繽紛，
頻年作嫁能無感，更向朱陳覓醉醺。

碧桃花後紫藤花，如此城居不厭奢，
平地樓台作金屋，紅閨問字客停車。

纔罷消寒將餞春，貞元嘉會值芳辰，
一重公案添佳話，笑煞孤山處十身。

師自題七古一章，有「嫁得詩人例清寂，較勝嬋娟閉空舍，我老禪心久沾絮，綺障拚挨佛祖罵」句。而以彭子嘉先生所題〈臨江仙〉詞最雋，有云：「自來紅杏配青松，宣南花掌故，笑靨又相逢。」蓋師字松岑也。

唐家河命名之由來

明嘉靖間，倭寇內犯，久未能平，江浙之間，幾無寧歲。名將戚繼光知倭寇之來，必自乍浦入口，於是百計誘之，經嘉興平望而至北坼，乃自蟂腰橋起，用細竹編排，將沙泥草秧，覆蓋其上，與地相埒，再於對橋隙地，築瞭望台，即今人所稱敵樓也。待寇既近，登台瞭望，用火箭猛射，同時橋內伏兵起而夾攻，適寇向所置竹排地狂竄，竹排傾覆，寇悉飽魚腹。寇呼是地為唐家河，蓋寇稱中國為唐也，自是不敢復至。

蝴蝶會

朋好醵飲，嫌市脯惡濁，相約各出家厨，人各一品，稱「蝴蝶會」，意取「壺」酒「碟」菜同音耳。惠而不費，是可法也。余友胡寄塵謂法行之頗廣，所以取名蝴蝶，尚有一義，以一壺置中間，以兩小碟兩大碟分置左右，儼然一蝴蝶形也，其言甚趣。

半倫

龔定盦子孝琪，怪癖為世所詬病，甚至遠而避之。其別號頗有如近人之筆名，曰刷刺，曰橙，曰太息，曰小定，曰昌匏，晚年愛一妾，無與倫比，復改號半倫，謂五倫俱脫然無與，惟妾與婦異，可稱半倫耳。通英吉利語，或言英軍焚圓明園，孝琪實導之。與天南遯叟交相契，《淞濱瑣話》記之甚詳，謂著有《漢雁足鐙考》三卷，《元志》五十卷。相傳孝珙讀父書，有弗合已意者，唾罵之；不知彼之所作，亦如定厂之詰屈聱牙否。

舒翹治梟

光緒中，江浙苦鹽梟之擾，盤踞市集，魚肉馴懦，以緝私部伍多為巢湖產，庇護得無恐。設巨賭，侵蝕人財；占少艾，離人骨肉，身受者敢怒不敢言。趙舒翹以浙藩擢蘇撫，毅然以澄清為任。禮下府縣，責成地方搜捕，盡遣回籍。並委候補知縣金某，持令往吳江之平望，立擒七人殲之。捕役至是，亦不敢稍隱，按戶搜尋，強者授首，弱者改業，其他各鎮鄉之鹽梟，聞風而避，逗留者亦馴善與土人相習矣。

時有胡福海者，亦巢湖人，已夤緣為游擊，包庇縱容，實為巨憝。趙乃商於藩臬兩司，設宴召胡至，欲治以法。胡之家人，知趙素惡胡，忽被寵召，必不利。乃輦金請藩司助緩急，藩司乃先期請於趙曰：「胡有提督銜，宜先奏聞。」蓋清例，一二品大員，非得廷旨，不可擅治以罪也。趙意為動。至日，安然終席，趙乃以他事電京，請內調，蓋釜底抽薪也。後知胡之提督為虛銜，未注部冊，藩司亦云狡矣。自是鹽梟之患悉除。

趙自蘇撫遷刑部尚書，送行者舟楫相接，自吳門以達無錫，皆設香案，懸「萬民攀轅」之旂，為從來未有之盛。後以忤李鴻章，入之拳匪黨魁，賜自盡；或云：趙僅與剛毅善，未嘗為拳匪助也。

明代罰紙之例

說部《醒世姻緣》載有罰大紙之事云：「看官聽說！甚麼叫是大紙？是那花紅毛邊紙的名色，雖是罰紙，卻是折銀，做成了舊規，每刀卻是折銀六兩。」又云：「或是罰米折錢，罰紙折錢，罰木頭折錢，罰磚瓦折錢，罰土壤折錢。」考之《明史・刑法志》，只有以鈔贖罪之例，所謂「收贖律鈔」與「贖罪例鈔」是也。此外則納銀，納米，及運灰，運炭，運石，運瓦，運碎磚，皆贖罪之變。並無罰紙之明文。意者罰紙為最輕之罪，刑法所不及，或是一地方之私法，積久而成習慣也。《醒世姻緣》一名《惡姻緣》，中有引《西遊記》本事，則當為明中葉以後之作品也，近人或言出蒲松齡手。

大婚

閱《越縵堂日記》，前後述穆宗、德宗大婚典禮，如與天寶宮人話舊。其記穆宗大婚云：「同治十一年九月自初九日至十四日，皇后奩具由大清門迎入大內，士女擁觀。棋盤街左右，以填道，久屏車騎，京官皆由宣武門出入矣。皇城以內，花鐙彩棚，直接乾清門，工部司官分日守視，直宿朝房，侍衛輪班掌燭去櫛，士夫皆花衣補服，交錯宮門。十四日皇上寅初御保和殿，命禮部尚書靈桂，禮部右侍郎徐桐，持節為冊立皇后正副使，取桂子桐孫意也。申刻復御殿，臨遣鳳輿，受百官相賀，惇親王福晉某氏，恭親王福晉瓜爾佳氏，率命婦八人往迎，皆騎馬，儀從，出大清門至皇后府，闈內中禮多如民間。開臉者，侍郎崇厚之夫人也。妝飾上輿者，兩福晉也。夜寅刻自府，迎入大清門，進交泰殿，拜天地及壽星灶君，奉進皇上皇后湯圓子者，亦兩福晉也。煮湯圓子者，禮親王福晉也。朝士未有官者，傾城入內；具朝衣冠者，記名朝賀；具公服者記名差使。婦女皆列坐通衢，觀迎奉出入。」

其記德宗大婚云：「光緒十五年正月二十四日，四更起，盥漱，子培來，五更介唐來，偕入正陽門，進東安門，已昧爽矣。夾道新列雙喜字鐙，絳燭猶晃。入東華門，道中列峙波黎龍鳳鐙，直接乾清。天明燭已盡息，朝官畢至，偕諸子立談殿陛間。卯刻，日出，宮門懸綵，五雲四映。觀迎皇后妝奩，先以四亭，黃紬□之，皆首飾服玩之屬；次以陳設之具，凡一百舁：最後為大鏡屏兩架。自古銅彝器，白玉瓶盂，碧玉槃合以外，鏡奩几案之物，大率如民間，桌椅箱廚，皆粵中所製，紫檀文木，不加琱飾。聞明日尚有百昇，則匡匧帷幕牀帳類矣。辰刻謝恩摺始發下，偕同鄉孫子授、徐小雲兩侍郎，及紫泉、花農、仲弢諸君三十餘人，向乾清門行禮畢，出景運門，詣太和殿，演筵宴禮，鐘磬在縣，樂舞畢具，惟琴瑟僅具虡器而已，（下略）二十六日（上略）進天安門，端門，風勁甚。門內陳列鳳輿及黃帷車三，冊亭寶亭各一，奉迎繖扇旌旂燈仗之屬。進午門，太和門，上御太和殿，受賀畢，遣大學士額勒和布，尚書奎潤持節迎后，王公大臣庶僚扈從者數十人。（中略）寅刻皇后鳳輿至，前列畫鳳玻璃鐙數十對，馬百餘匹，午門鳴鐘，迎入乾清門。」並繫以詩云：「九閶曙色啟銅龍，夾道珠鐙拱法宮，彩仗千官迎日下，瓊函百輦出雲中，光華共識天顏喜，樸儉先昭內治風，添得層城王母笑，蓬萊綺映早霞紅。」注云：「是日先進百昇，聞懿旨：上及后寢宮簾幙衾褥，俱用絳色。」

瑞士獨立之紀念郵票

趙漢威博士在瑞士，常寄風景片來，一片黏郵票，繪小兒左手持弓，右手持蘋果，知必有故實，因俟其歸，問之。博士云：「相傳瑞士初屬於英，英置王冠於某地，過者必對之鞠躬致敬。有力士携兒通之，傲不為禮，邏者執之，力士乞恕，軍官見力士有弓矢，乃以其兒所持蘋果，置兒頂，令力士射擊。力士如言，射蘋果落地，而未傷兒毫髮。軍官云：「尚有一矢，何所用？」力士云：「脫第一矢中兒而不中蘋果，則第二矢將加諸汝項！」軍官怒，加以縲絏，過四林洲湖，將囚諸彼岸某地也。舟至湖心，狂風陡作，操舟者不能支，瀕於危。軍官命釋力士操之，安然而渡，將達彼岸，力士挾兒超登岸上，扁舟飄盪中央，不能泊近，力士遂得脫。以語國人，群起而抗英，卒得獨立，為世界自由國。

集崑劇名成詩

吾鄉鄭瘦山有送友赴南闈詩云：「別妻訓子奈何天，逼試秋江萬里船，飯店茶坊十五貫，求籤拆字一文錢，西樓題曲桃花扇，南浦吟詩燕子箋，看榜別巾三報喜，榮歸夜宴永團圓。」集崑劇名而成，有天衣無縫之妙。

梨花壓海棠

朱杏春孝廉七十續膠，人都以梨花海棠謔之，孝廉自為催粧詩四首，雜詩八首，集句四首，頗饒風趣。有「為寫新詩先寄意，要卿來守舊家風」之句。其最滑稽者，如「不是老夫善戲謔，生稊多半屬枯楊。」集句如「弗言老圃秋容淡，霜葉紅於二月花。」當時其泰山嚴氏，亦和催粧詩四絕，有「願乞東風護海棠」句，一時傳為佳話。

喇嘛僧之頭

外舅臨莊先生云：嘉興崇安寺有頭蓋一具，襲之檀匣。謂有嘉興人某，作官漠北，信喇嘛教甚篤，與某僧交契。後任滿將南歸，與僧話別，依依難捨，僧苦無長物贈行，躊躇良久，忽也色變，見頂上坟起如盎，僧自以手磕去，光如滑，蠟血筋斑珣可數，即舉以贈，謂「見此如見我也。」某視僧頂，則平復如常，了無他異，「歸供於寺中」。

洪武紙幣

民國六年，南京濬秦淮，於通濟門外九板橋，掘得大明寶鈔銅板，縱十寸，橫六寸五分，上書「大明通行寶鈔」六字，中書「一貫」二字。繪一千文形，左右篆文云：「大明寶鈔，天下通行。」下云：「戶部奏准印造大明寶鈔，與銅錢通行使用，偽造者斬；告捕者賞銀二百五十兩，仍給犯人財產，洪武年月日。」四周雲紋，此中國最古之紙幣也。

酒量

洪楊後，里中來一行腳僧，背負胡盧，上黏紅簽云：「奉母命戒酒，每日飲十二胡盧。」估其量，不下二十斤，好事者拉之賭飲，能獨盡十斤，面不改色，態度安嫻如未飲。叩其來歷，含糊以應，越日失所在，殆玄黃中失意英雄也。

培德堂牡丹

癸亥春，與友遊培德堂，地在白蓮涇，有牡丹甚盛，僅僅玉樓春一種耳，有紫色者一本。詚處其間。壁題〈一萼紅〉詞一闋，似有本事，苦未能詳也。詞云：「重開筵，早綵雲萬朵，墮影入春簾。穉燕棲香，癡鶯喚雨，闌干一燈紅鮮。試迤邐錦屏開處，宛瑤台月下駐群仙，依舊歡場，韶華此地，劫火當年。億否瓊姬別後，已夕陽甗圯，零落釵鈿，紫玉宮荒，錦帆涇遠，空餘芳草連天。莫孤負金昌春色，趁東風同醉玉尊前，笑問朝雲春夢，飛到誰邊？」

畢倚虹與《人間地獄》

《人間地獄》為畢倚虹君之傑作，而君實不僅以小說見長，即其詩亦清麗可誦。君名振達字幾庵，幼有神童之目，其尊人畏三先生好客豪遊，君得其傳，故辭世之日，聞者皆為扼腕。民國十四年，君以《上海夜報》事來向廬，與其夫人繆女士偕，此為最後之一晤。

君作長篇說部，所製回目，工緻秀逸，為一時之最。如「舞罷弓鞋，未醒妾夢；拋殘電淚，莫輓郎心。」「秋燕飄零，夕陽尋故壘；伊人憔悴，遙夜聽疏鐘。」「珠燈千障，熱境訴幽情；涼月一丸，輕車飛短夢。」「碧月下桃林，飆輪碾夢；斜橋咽風露，錦瑟悲年。」「雪夜度淒清，量珠換夢；銀燈照憔悴，射樂回春。」「撩亂花枝，錦衾憐月瘦；燒殘紅燭，杯酒替花愁。」悽婉作變徵之聲。

是書長處，在描寫人物，曲曲如繪，有呼之欲出之妙，惜至六十回不結而結。手創《上海畫報》，一時仿效者雲湧，不久即漸漸銷磨。而《上海畫報》幸錢芥塵君為之賡續，綿延甚久。有〈湖上詞〉九首，為洹上袁寒雲公子所激賞，謂頡頏玉谿；踐踏韓渥。如「十月湖波淺且清，娉婷雙鬢鑒分明，郎心莫漫如春水，划過蘭橈碧浪生。」「落葉空山似雨聲，銀釵斜拔不勝情，山阿教刻孤生竹，惜取清游記小名。」「苦將舊事證前緣，問到神仙總可憐，拾得雲箋一惆悵，如何消遣四三年。」蓋皆自寫影事也。

朋好輓聯，皆有性情語，如包天笑云：「經三十五年奮鬥力竭而已，此樹婆娑，生意盡矣；憶十四夜慘笑舌強為別，我心創痛，熱淚隨之。」袁寒雲云：「地獄人間，誰能賡述？論當世才名，自有文章不朽；桃花潭水，君獨深情，念西風海驛，空教淚涕長揮。」龐京周云：「一瞑長辭，反結束《人間地獄》；九泉飲恨，怎安排《苦惱家庭》。」孫東吳云：「天不容抑塞磊落之才，金錢智慧惡家庭，都是殺身利器：若卒以憔悴憂傷而死，痛哭流涕長太息，知難瞑目重泉。」余輓之云：「幾回文酒流連，最難忘去年今日，花草蘇州，神仙眷屬；一旦琴尊歇絕，不可說昨夢前塵，絮泥海溢，地獄人間。」娑婆生為君之筆名，《苦惱家庭》亦其所作之說部也。

楊惠之塑像

用直鎮保聖寺有唐時楊惠之手塑十八羅漢像。惠之與吳道子同師張僧繇，道子畫名顯，惠之即焚筆硯，改習塑象。同學顧頡剛往遊，見寺屋毀敗，像亦剝落，為文以寄感慨。日人往攝影，成《塑壁殘影》一書，極推重之。蔣竹莊命所主教育廳科員往視，則完好者僅三尊，而神采奕奕動人，乃移置寺鄰小學校中保存之。葉遐庵聞之，請於古物保管會，醵貲倩江小鶼、滑田友整理修飾，今已斐然可觀矣。

跳板船

江浙間有敞舊大船載妓往來市集，以賣淫者，曰「跳板船」。船有鴇應客，客至，先坐頭艙，奉茶烟，如打茶圍。妓出如當意，乃論價而髡留。或稱「湖廣船」，以業此者多為湖州廣德間人，蓋「江山船」之下也者耳。

翁印若

翁印若孝廉綬祺，吳江人。嘗從常熟翁松禪相國遊，書學大進。書為陸廉夫先生入室弟子。甲午之役，吳清卿中丞以書生典軍。強之入幕，既敗踉蹌歸。後知廣西某縣事，升梧州知府，光復後，棄官息影海上，專於書畫。晚年喜作狂草，別饒古趣。嘗自鐫一印曰「足跡半天下。」以所見者廣，精於鑒別，海上藏家，必得其一言以定真贋也。

俞丹若

無錫俞丹若君為曲園太史之姪孫，畢業北洋大學，工英吉利語，好譯說部，筆名天游。林琴南先生以古文譯域外小說，享盛名數十年，君則以淺近文字譯之，不失本意，故亦與俗嫻。平生不屑問米鹽瑣屑，以四海為家，於說部無所不窺，歲必耗數百金。曾來吾里為任味知君擘畫女子中學，及麗則圖書館事，後管理京師圖書館，以肝胃病卒於京寓。

闕園聯

李印泉將軍築闕園以奉母，並輯《娛親雅言》一卷，載詞人況蕙風三聯，詞采一時無敵。其一云：「山光照檻，塔影黏雲，永日足清娛，繞膝觴稱金谷酒；紅萼詞新，墨花誌古，遙情託高詠，題襟人試老萊衣。」其二云：「巨澥息搏鵬，欣看愛日舒長，還珍重綵服南陔，眉筵東閣；清池鄰洗馬，幾許英姿颯爽，憑問訊留人叢桂，照眼梅花。」其三云：「佳日此追游，佇梅深瑣闥，柳蔭清池，是王母朱房翠水；春暉正和煦，真露裛湘桃，徑迴芳草，似仙源紅樹青溪。」自注云：「西王母所居朱房琳宇，翠水環之。王維〈桃源行〉『坐看紅樹不知遠，行盡青溪忽見人』。」詞人與王半塘、朱古微為詞家三台，論律甚嚴，著有《蕙風室詞話》，弟子趙叔雍刻之。年十六，即舉於鄉，服官中書科，極狂放，故不得志。病短視。其公子又韓常侍左右焉。

杏秀橋

蘇州第二女子師範附屬小學教師毛杏秀女士慧雲，隨美博士孟祿，參觀蘇軍二師之兵工計畫。馬蹶車覆，墮燈草橋下死，教育界愍之，醵金重建燈草橋，易名杏秀橋，立亭橋側，並樹碑紀念。嘉興尹伯荃椿為女士造像於中國紙，與西方木炭畫同工，故面目極肖，惟靈蛇輓髻，幾疑明以前人耳。吳瞿庵先生有〈減蘭〉一闋題其上云：「風波咫尺，身逐胥濤留不得，漁火江楓，行客愁聽半夜鐘。郊西款段，陌上歸時須緩緩，楚魄重招，應踏楊花遍此橋。」

破鏡重圓記

彭子嘉氏於清末應經濟特科，服官戶部有年，後為使美參贊，奉天提法使。光復後，為太湖水利局會辦，中饋久虛，納沈愛貞女士為簉室，已獲掌珠，以稍不當意，即令之歸，與之離。既而生悔，乃倩蹇修謀重圓破鏡，且進一步，行婚禮於梁溪，擢為大婦焉。

彭氏工詩，今關東人士多能詩，即氏所倡導也。此事引為佳話，徵詩吳下，余應之云：「童心又逐笑顏開，華髮於今老未催。妙語為公刪一字，彭郎喜得小姑回。」「紅袖司書已十年，誰能遣此為纏綿，古歡今愛還相證，照影梁鴻溪水邊。」「天香雲外鏡重圓，入握明珠意快然，禪榻鬢絲秋興好，嫦娥也要悔昇仙。」「一代紅妝伴老人，絳雲佳話亦蘭因，畫圖嫁杏應移贈，一樹青松八百春。」末語指彭氏題鶴望師〈嫁杏圖〉詩語，而余詩亦為鶴望師所代徵也。

輓詩創格

錢慈念太史豪於飲，其為詩，滑稽突梯，若不經意，而自然神妙。前年其酒友王仲錬卒，太史哭以詩，寫當時鬥酒狀如畫，亦輓詩之創格也。詩云：「三里之城如斗大，童冠之交有幾個，上者道義相切磋，次則詩酒相唱和，回頭久已若晨星，王郎忽又歌楚些。君不記黃公壚傍大倉橋，少時轟飲嚴夕課，就中君最頎而長，美秀而文性柔懦，酒半猜拳詡擅場，勇氣倍增壓當座，余也抵隙聲如雷，君顧愕眙或為挫。酩酊歸途爭揶揄，晨起各驚塵襟涴，情狀歷歷在心頭，五十年如隙駒過。而今世界百出奇，願緩須臾驗證左，君缺酒拌奈何歸，泉台寂寞真無那。俟余飲了七萬又二千，尋君酆都城下相偕醉而臥。」東坡云：「百年三萬六千場」。太史云：七萬二千，蓋欲如伍廷芳博士之活二百歲也。

《玉嬌梨》之三譯本

明代有說部名《玉嬌梨》者，一名《雙美奇緣》，不署撰者姓名，坊間列為第四才子書。德人哥德極賞之，有譯本。邑人柳無忌君研究西洋文學，謂此書尚有英、法兩譯本，中國小說傳譯之廣，《水滸》外當無逾此書也。

鴨餛飩與喜蛋

三四年前，海上徽州菜館風行鴨餛飩，以餛飩與鴨同置一器，以附會方萬里之「秀州城外鴨餛飩。」李蒓客《越縵堂日記》云：「買喜蝦食之，此北人所不解食。自方萬里有『秀州城外鴨餛飩』之句，朱竹坨為二十韻賦之。然鴨之風味，不及雞也。予嘗名之曰『玉雛團』，當約故鄉同志賦之。」此則江浙間所食之喜蛋，俗稱孵坍蛋者是。於此可知所謂鴨餛飩，乃鴨蛋之孵坍者，餛飩或取其形似，與今之風行者，風馬牛也。

李揚材建國越南

光緒四五年間，京都有兒謠云：「太平年太平初，十八女兒想丈夫，媽媽你好糊塗！」初不知何所指，其後廣西雲南皆馳奏李揚材事，殆即影此。

李揚材者，廣東靈山人，歷從楚軍與太平軍戰，江寧之克，亦與其役，積功至記名提督。別為營部，防勦廣西，所部漸至十餘萬。光緒四年，署廣西右江鎮總兵，代者未至，巡撫楊重雅檄令去任。揚材乞緩期，不許且詬之。又令遣散所部，揚材索餉，亦不許。遂怒率所部出太平關，投書重雅及廣西提督馮子材言：「中國既不能容，當并力圖越南，以自存活。」迭破越南諸郡縣，直搗其國都。越南告急，法蘭西以越南為其所屬，亦移文通商衙門，朝議依違而已。而揚材眾益盛，至百餘萬，遂克其都城，馮子材出關擊之。大敗而還，法兵助攻，亦弗濟，揚材遂建國號曰新，改元順清元年，名所都曰太平府。見《越縵堂筆記》，他書皆未載。

詩妓李蘋香之詞

海上有詩妓李蘋香者，說部《九尾龜》曾為點染，今已四十許人。吳湖帆君遇之於冒鶴亭席上，湖帆以隋董美人志徵題，冒既題成，復及於李，李索紙墨於席上，成〈臨江仙〉一闋云：「故愛空餘淚枕，迴風猶想香裾，彈棋纔罷笑投壺，韓陵留片石，魯殿失明珠。學語可憐瓜子，知心無望獠奴，匆匆忘卻寫椒塗，殘粧剛病起，上馬要人扶。」妙在恰合其身分，湖帆索余和，戲成一闋，將毋唐突西子歟？詞云：「桃葉難尋秋扇，柘枝已罷輕裾，依然進酒聽提壺，捲簾驚瘦菊，攬鏡笑黃珠。選韻今宵佳話，墮歡何處檀奴，燈紅落紙和香塗，餘研初未老，不醉也須扶。」李印泉先生語余，光緒甲辰秋，曾造其妝閣，彼姝出示當塗左田鉞遺稿八冊，並印章多件，自謂為其玄孫女。左田與董誥齊名，後裔淪落如此，可為太息！

爪哇

爪哇為荷蘭屬地，處南洋中，即舊小說所云瓜哇國也。余友汪君，曾一度往遊，並任教師幾一年，以荷蘭政府嫉華人甚，迫之歸，語余瑣事甚趣。謂：爪哇之幣曰盾，一盾易十二仙，生活甚低，每日兩餐，土人儉約者，一餐所費僅一二仙耳。以氣候熇熱，俱冷食，山泉到處皆通，甚便日用。甚至不置便具，即於屋後泉水中行之，任流而下，不潔殊甚。其地分東中西三部，有鐵道及汽車路貫通。洋僑達八十萬，荷蘭人僅四萬，而於政權，則多數反受少數之指揮，蓋國勢之弱，有以致之。且華僑之在彼，好以鄉土觀念，各立門戶，互為水火，則由於彼等皆拜金主義，他非所計也。

太監非旗籍

余友陳蓮痕君旅故都甚久，於社會情狀甚悉，著有《京華春夢錄》。為余言；「清室太監，大率為河間府大城縣產，世人恆言太監多旗人，實誤。權傾中外之李蓮英即大城籍也。嘗識一老監崔海，係老病乞休，恩旨放歸者。雖無子而有妻，惟具其名而亡其實。年已近花甲，而尚無髭鬚，遠望之彷彿老嫗。溥儀被逐，在宮者亦鳥獸散，淪落市上者甚夥，每於城之西北閭巷間，見若輩三五成群，或牽小黃犬，或持鳥籠，其無聊之狀可掬也。」

既醜且美

湖帆獲常醜奴墓志，即題其畫室曰「醜簃」，後獲隋董美人墓志，復鋟章曰「既醜且美」。馮超然繪美人香草圖冠其冊，因發宏願，徵海內詞人填長調五十闋，並各依韻和之。自集宋人詞成〈金縷曲〉，朱彊村亦為之拍案叫絕，嘆為天衣無縫，真奇才也。詞云：「銷盡英雄氣，（蔡友古〈點絳唇〉）最難忘，（史海溪〈解珮令〉）昭陽第一，（方千里〈水龍吟〉）帝城春媚。（韋子駿〈減蘭〉）翡翠樓高簾幙薄，（賀方回〈臨江仙〉）紅雨落花飛墜，（蘇東坡〈哨遍〉）悵絕代，（辛稼軒〈滿江紅〉）明眸皓齒，（吳夢窗〈瑞龍吟〉）被冷香消新夢覺，（李易安〈念奴嬌〉）指歸雲，

（柳耆卿〈迷神引〉）花影閒鋪地，（張才甫〈點絳唇〉）愁正在，（周草窗〈三姝媚〉）凝情際。（陳君衡〈點絳唇〉）南朝千古傷心事，（吳彥高〈青衫濕〉）弄么弦，（周片玉〈夜遊宮〉）離宮弔日，（姜白石〈齊天樂〉）有誰共倚！（程書丹〈永遇樂〉）紅粉暗隨流水去，（辛稼軒〈滿江紅〉）蕭索白楊風起。（任无量〈鶯啼序〉）今古恨，（辛稼軒〈鷓鴣恨〉）斷碑殘記，（周片玉〈西河〉）衰草凄迷秋更綠，（張玉田〈壺中天〉）聽蒙茸，（王碧山〈掃花遊〉）苔蘚生春意，（姜白石〈卜算子〉）留此筆，（楊西樵〈賀新郎〉）錦書鈿。（晏同叔〈鳳啣盃〉）」

捕蛇

前年蘇州來二異人，一汪姓，師也；一朱姓，徒也。能相蛇所在，以術捕之。先至城中某家，師以扇障面，略嗅即得。徒則須以指捺鼻左一孔，運右孔狂嗅，始得斷定其有無。捕時踞立撮口效蛙鳴，蛇即冉冉而出，以指逗之，蛇齧指，其人力掣之，以藥塗齧處，蛇即釋去，蜷伏地上不復動。其人額汁如珠，知其用力甚猛。以指示人，則其端猶有餘腫，從容拾蛇納布袋中去。是年蘇城之蛇，先後為二人捕去者，不下二三十尾，悉不取酬。或謂皆毒蛇，可以製藥，所得已夥矣。

江霄緯

江霄緯先生與其弟建霞先生，為吳中文壇耆宿。霄緯先生更精算學，著有《算式集要》、《天算問答》、《溉齋算學》、《句股演代》、《學計韻言》諸書。家世清寒，為陝西城固縣令時，頗有政聲。自吟云：「仕縱為貧無富理，政何足述有廉名。」縣民題額大堂曰「琴鶴遺風」以美之。後丁母憂，歸，為蘇州府中學堂監督，元和高等小學堂堂長，造就頗多。光復後，曾為南洋大學編定圖書館書目，唐蔚芝先生歸無錫，立國學專修館，延往襄助，遂家焉。民國十八年卒。榮德生兄弟曾刊其所著《人道須知》四卷，而其《溉齋詩存》若干卷，猶藏於家未刊，為人忠懇敦厚，蓋經師人師也。

嚴修之自輓詩

嚴修字範孫，為天津南開大學之創辦人。息影津門，清勤自持，不問世事。前年以心臟病卒，生前曾自定喪禮：一，不得用哀啟；二，不得用僧道唪經；三，木主由孝子自題，不得請人；四，門外不得樹旛竿；五，發引開弔不得過三七；六，去津俗靈影亭等陋習。謂；「總之求儉求速而已。」又有自輓詩云：「小時無意逢詹尹，斷我天年可七旬，向道青春難便老，誰知白髮急催人。幾番失馬翻僥倖，廿載懸車得隱淪，從此長辭復何恨，九泉相待幾交親。」氏先後捐助南開大學經常建築諸費達五萬二千餘元，中國書籍數萬卷，故南開大學懸半旂三日以誌哀焉。

翁烏龜

平望翁小海善作宋元小品畫，尤擅長畫龜，人稱翁烏龜，其潤例一龜一金，某餽以半金，翁畫一巨石，於石左露龜之半，映掩別有異趣。某餽以百金，則於柏樹下著一龜，蓋以柏諧百也；其滑稽如此。傳之者吾里劉子和德六，劉作蟲豸花卉，亦栩栩如生。惟不善書，其題詞皆出自其兄德三手云。

愛國新詞

日軍蹂躪淞滬，慘無人道，第十九路軍與第五路軍努力抵抗，忠勇可感。海上婦女，皆手製衣巾餽贈以慰勞，有織成小詞者，如陳彩珍女士云：「風雪入新春，干戈起滬濱，心長嫌線短，聊慰出征人。」陸均瑞女士云：「織此纖物，聊表寸衷，慰我將士，暖我兵戎，守土盡責，為國效忠，殲厥醜類，克奏膚功。」女士云：「一針一線密加工，送至軍前慰有功，勿忘禦寒兼禦侮，閨闈愛國與人同。」胡淑卿女士云：「秦火觸天河，傷心奈若何，歡騰粵壯士，累唱凱旋歌。」胡幼鄉女士云：「士庶慶彈冠，倭奴膽盡寒，誰因雪國恥，真箇斬樓蘭。」得之者當為氣壯。

《梅花夢》

《梅花夢》為彈詞中最典雅者，記張靈、崔瑩遇合事，為張珙、崔鶯鶯吐氣，故又號《何必西廂》。張靈亦明之才士，其落拓不羈，視唐六如為甚，然《三笑彈詞》無一語及之，反枝生節外，杜撰一周文彬，不知何故？老友程瞻廬合《三笑》、《換空箱》、《十美圖》諸書，衍為演義，曰《唐祝文周四傑傳》，雖沿舊稱，而於周之為子虛烏有，已加以辨正，且以張靈代之，皆取材於《梅花夢》也。

作者心鐵道人，不知伊誰？要為清初一士人。蓋於當時說部，瀏覽已熟，故布畫起伏，結構曲折，頗費匠心。而以宸濠事穿插，平淡中頓呈波瀾，三十七回而終，亦不落蹊徑，惟依然以團圓結局，不脫彈詞窠臼，雖末回重起波瀾，梅花幻夢，稍變舊格，然不免有好事之誚。是書包涵小令、散套、俗曲甚夥，修詞亦句斟字酌，故能不脛而走閨闥，惟彈唱者憚之。作者自言「說是演義，又夾歌謠，說是傳奇，復多議論。」其實非議論，乃表白也。開手有若副末登場，規模又近於傳奇，心鐵道人，必不技盡於盲詞也可知。

粵曲

南蠻鴂舌自昔以為難解，衍為詞曲，播諸弦歌，則更不易辨其何字何義矣。李雪芳鬻歌海上，譽之者比諸梅蘭芳，號為北梅南雪，自是顧曲周郎，稍稍知有粵曲矣。十九路軍抗日大著聲威，粵曲乃如楚歌之四面皆是。《小桃紅》、《柳搖金》諸曲，雖孩提之童，亦能伊啞隨腔，蓋南風北漸也。

寥仲愷先生有題其兄懺盦所作《粵謳解心》〈賀新郎〉詞云：「諷世依盲瞽，一聲聲街談巷話，渾然成趣。香草美人知何託？歌哭憑君聽取。問覆瓿文竟幾許？瓦缶繁弦齊競響，繞樑間三日猶難去，聆粵調，勝金縷。曲終奚必周郎顧。且傳來蠻音鴂舌，癡兒騃女。廿四橋簫吹明月，那抵低吟清賦，怕莫解天涯淒苦，手抱琵琶半遮面，觸傷心，豈獨商人婦。珠海夜，漫如故。」蓋粵曲多纏綿悱惻之辭，宛轉淒怨之音，有類於秦腔。《解心》之作，似可殺青，今之流播者已文勝於情，民歌之解釋，頗有助於文獻之稽徵也。

古代外國文字

《後漢書・西南夷傳》，有〈遠夷樂德歌〉，〈慕德歌〉，〈懷德歌〉三章，皆注夷語，蓋本諸《東觀記》也。文人好奇，有故用注語以炫蒙人者，如題酒肆曰推潭僕遠，意謂甘美酒食也。馮桂芬先生曾有章曰「陽雒僧麟莫穉角存。」獲見者不能解，以語沈先生修，沈先生博學能文，幾於學無所不窺，讀章詞，亦為之躊躇，已而恍然曰：文宜橫讀，作「陽僧雒麟，莫角穉存」，雒麟指賈長沙，穉存則洪亮吉也，意謂早年樂長沙之慷慨；晚歲與亮吉爭長。雖於字義頗涉欠強，然亦無以難之。越歲有太倉一士子投書沈先生曰：八字皆〈樂德歌〉詞，言：「願主長壽，子孫昌熾」也，沈先生為之爽然。訓詁家好作聰明，正與阮芸臺考燒餅拓片，同為儒林笑料耳。

楊乃武

同光間楊乃武案，情節之曲折，牽連之眾，反覆之多，為歷來所無。坊間有彈詞，於楊多不譽，慈谿李蓴客時在都下，有異於我聞之記述。蓴客云：「初頗信杭人言，以楊為無賴，畢氏未嫁時，已與之通，及楊於同治癸酉舉於鄉，謀鴆殺葛品蓮，而納畢於簉室，其殺之之道有二說；一謂葛病畢求醫於楊，楊以砒與之，為偽言神藥，畢以飲葛，即斃，畢實不知也；一謂畢喜楊得舉，欲棄葛以從楊，楊為之計殺葛。後聞餘杭人言，及楊之妻與姊兩度京控，始知先入者為寃誣。蓋是獄之主謀者，糧胥何春芳也。縣令劉錫彤之子。與一傭婦姦，因謀之婦，誘畢至婦家而私之。何春芳詗得其情，脅畢而與之狎，屢過其家。一日，突遇品蓮，相訴詈，春芳怒而去。有桂金者，已三嫁矣，與春芳積有姦，故為之効力。品蓮既死，品蓮母及畢之母皆再醮失行婦人也，縣令子屬人居間，與品蓮母百八十金，幾息事矣，而品蓮母及畢母皆欲得畢以居奇，相忿爭不可解，品蓮母遂控諸官。春芳及桂金恐事發累己，乃共恫嚇畢，謂『汝夫既以毒斃，群指目汝，復誰諉？惟急引楊乃武為若主謀，授若毒藥，若到官矢口不移，則楊當受重罪，我等力為若營救，可得不死。』畢信之，如所教。楊乃武者，素為歌謠及謗詩詆切官吏，官吏銜之，遂以計召楊對簿，楊大怒罵，於是劉令遽列上其事，請革訊，楊備受諸酷刑，遂誣伏。讞定至府，浙士之鄉試被擯者，聞新舉人有此醜行，幸其災禍，群津津樂道。而杭之士人，又多出入官署，或為大府及監司幕友，行省萬口，蹲沓如一。杭州知府陳魯，喜與士人為難，及覆訊，不容置一辯，如縣擬上，而按察使蒯賀孫，巡撫楊昌濬，皆愚而愎，併為一談，橫入重辟，鐵案定於上，而黑獄沈於下矣。至學政胡端瀾者，本以墨卷小楷為生，厚養妻孥，粗具耳目，奉嚴詔蒞重囚，而首鼠張皇，一視巡撫意旨，承審官寧波知府邊葆誠等。扇其虐焰，慘加非刑。定案時楊至兩股盡折，其妻詹氏亦受夾傷脛，懲其京控也。故學政奏疏云：『犯供狡展，連日熬審』，明目直言，略不諱飾，可謂悍然不顧矣。楊姊適葉，於獄起時訴之省城隍，請示乩詩，得一絕云：『荷花開處事方明，春葉春花最有情，觀花觀人觀自在，金風先到桂邊生。』蓋暗藏何春芳與桂金姓名也。」

又云：「光緒二年十二月初九日，在京中海會寺覆驗，牙齒及喉結骨皆白色，絕無毒，忤作皆具結言實係病死，劉錫彤亦俛首無詞。」而《清代軼聞》則云：「中途去棺底易他尸，故錫彤驗蓋封簽，俱無誤，已具結，及見尸有異，則不容否認矣。」時丁寶楨以川督入覲。聞覆驗得實狀，大怒揚言於朝曰：「葛品蓮死已逾年，毒消則骨白，此不足定虛實也。」幾再翻案，以侍郎袁保恆紹祺持之甚堅，未成。

畢白皙而美，號小白菜，案定，聞於慈禧，曾召見焉。遞解回籍，所至皆轟動遠近，園觀如堵。乃武供詞畫押，每以「屈打成招」四字編為花押書之，其人小有才，或言殘廢後曾為《申報》撰論，然否不可知？

龍么妹

嘉慶二年，大興舒鐵雲從勒保征苗，檄黔土司龍躍赴軍，躍病不能興，女弟么妹率三百人詣軍前聽指揮，戰屢捷，中秋夕，攻南籠，深入賊巢，擒渠王囊仙七縧鬚等，苗眾以服，么妹雪膚花貌，如春月初升，年十八，蠻妝窄袖，翩若天人。弓衣劍飾，金繡錯彩，在軍中半載餘，斬馘至眾，遇敵躍馬奮進，三百人自成一隊，退亦秩然有法，即參議軍機，亦洞悉敵情，語無虛發，中國無是人也，勒曾欲為之執柯，以偶鐵雲，鐵雲謝曰：「非所堪也。」揣其意，或驚其矯捷驍勇，自問非劉皇叔比耳。鐵雲於其歸，詩以送之，亦殊落落，反不若陳雲伯之〈龍么妹歌〉，絢爛動人，所謂「樂府重歌花木蘭，錦袍再見秦良玉，」一非過譽也。鐵雲驚才絕豔，一時眉目，曾有《乾嘉詩壇點將錄》，隱然以淮陰自居，而此事尤悱惻可念。因語老友顧明道，經緯組織以成說部，曰《秋水伊人》，當不減於《哀鵜記》之動人心脾也。

鐵雲生於蘇州之大石頭巷，後居查橋、來遠橋、長洲縣前諸地。媚妓文珠，應禮闈，落第南歸，則佳人已入侯門，乃作《人面桃花傳奇》記之。《瓶水齋集》中詠梅之作，皆指文珠，蓋文珠小字愛芳，故以花魁相擬，與六十年後寫萬樹梅花之彭雪琴，同一癡情也。

嚴一帖

吳江自徐靈胎後，百年無名醫。光緒初，里有嚴惕安者，治傷寒稱能手，每一服而愈，故有「嚴一帖」之譽。任生年未冠，患疾延惕安診治，惕安甫按脈，即曰夾陰，任父自命督教有方，必其無邪行，不信，且讓之曰：君毋讕言，吾子不出門，何由罹斯疾？惕安曰：我處方無準，萬一失效，不任咎也！任父固執曰：若不以夾陰視吾子，雖死而無怨。惕安乃以尋常表藥飲之，越日果不起，任父乃咎其藥石無靈，登門毀其榜。未半載，任家一婢腹便便矣，叩之。則泫然言任生在日因與私焉，得疾或以是故。於是里人爭頌惕盦神，求治者戶限為穿。金鶴望師為其婿，撰文傳其技，謂有處女食蔆致腹隆起，疑妊，惕菴以龜矢癒之。有病泄利者，日百數十通，惕菴更進巴豆大黃大瀉之。瀉盡，益以人參得瘳。三事至今膾炙人口，惟文中記以人腦醫療疾，致戕一雛丐，惕菴終身疚心，為立丐主於寢，歲時必祭之，子孫至今守其教。其事余聞諸父執，微有異。謂靈胎有是方，取農人陳笠剪其頂煎服，可代人腦。惕菴固知之，以為無效，且度人腦必不可得，其病必不治，故難之。不虞其殺無辜也。

卦轎

天平近水，然遊山者不能直詣山麓泊舟，其間曲折逾里，必以轎，轎以竹椅貫兩桿，極簡質，以為程短，雖婦女亦勝肩荷，以是有八卦轎之號，謂前後兩人，與遊客為數三，陰陽參互，適符卦象，春秋佳日，遊者絡繹，山人資酒食於斯。故見泊舟近岸，即蜂集招攬，有方於屋中刺繡，即拋針黹以從，倨恭之態不一，操縱之術綦工，無有不墮其玄中者。而尤以半途息肩索點心錢，為其慣技。個中人號為「捉狗」，意謂一入圈套，無由擺脫也。

近年人力車可通，若輩乃稍感落寞矣。若從木瀆遊靈巖折遊天平，即無此擾，殆天平山下人特狡獪耳。景范路成，遊者益便，若更延至蘇城，可以驅車入山。則八卦轎將漸歸淘汰矣，或言蘇人建墓必於是，進香必於是，春秋兩熟，同於農穫，雖無遊客，亦足澆裹，蓋彼固未嘗以此為恆業也，他方人每聞蘇州女兒，有若水柔。觀乎拋繡肩輿，健步如飛，不將咋舌嘆蘇州女兒之剛柔莫測耶？

二文錢

童時熟聞里中有江西強丐，沿門托鉢，非得二文錢不去，人有詰之者，丐曰：小人有母，皆賴小人之乞以養，一文自饘粥，一文積以奉母也。人有疑之者，窮其竟，果於月杪以簡投信局，輒賸銀餅三四，於是孝名大著。見丐至，予二文錢以為常，人無有拒之者矣，此與劉大紳記啞孝子相類，惟啞孝子之處境更艱耳。

或有詢丐以來歷者，丐言，在籍與人格鬥，傷人致死，不得安居，乃遁而至是地，樂其僻遠，不至為人所詗。問姓氏堅不吐，即作書寄母，亦不具名。居廟廊，雖風雪弗避。出言硬朗如怒詈，故謚以「強」。數年後，衣服行李悉具，且居逆旅，然乞錢如故。一旦忽失所在，或言得母病訊往省，或言投軍去矣。距今已三十餘年，里中猶能狀其貌，體短膚黧黑，兩目炯炯有神，終歲不作笑容，殆憤世嫉俗，有強項之概，故「強」之謚，深惡之而又若深器之者也。

婢星

十餘年前，津沽有電影明星曰張麗麗者，邗江人，初為侍婢於邑人蔡治民家，宛孌可人意，識者知非池中物也。已而入倡門。懸幟號筱凌波，以善修飾稱，風行一時之長馬甲，即創自彼姝。工舞，常與俊逸少年出入電影院，聲名藉甚。癸丑政變，都下政客集津沽，麗麗亦乘時出動，周旋其間，蘇曼殊所謂壯士橫刀，美人挾瑟，固相需而相成者。

時外長沈瑞麟，慕名往訪，傾倒備至，幾訂嫁娶。民黨巨子馮自由，迷戀成痼，揮千金不惜。行五，咸呼以「五弟弟」，其嬌憨可想，後入津某電影公司，主演《險姻緣》，六月瓜斯，從粵人某為南國佳人，今已哀樂中年，不知飄泊何所？妹倩凌翠廬，與麗麗稔，曾於其北歸省親時，洗塵新華酒樓，即席贈以詩云：「今宵疑是夢中來，萍敘新華已劫灰，偶道廣寒宮裏事，相看一笑頗黎杯。」麗麗入倡門，隸廣寒仙館，故云。同席邑人周洛奇和之云：「已入侯門去復來，蕭郎心尚未全灰，雙泉（亦倡寮名）舊夢重相說，萬疊情波酒一杯。」翠廬以慘綠少年，為郎官於都下，縱情聲色，卒以是傾家，未及中歲，已謝塵世，揚州杜牧，未必留名薄倖，傷矣！

楊白花

清末攝政王福晉，嬖伶工楊小樓，一時騰為口實，青浦鄒亞雲君撮其事，作《楊白花傳奇》，柳亞子君以為可比諸張蒼水《滿洲宮詞》，蓋不僅說宮闈辛秘，資為談噱，乃暴其羞惡，形其昏闇，高鈍劍所謂「風流亡國憑誰寫？才子文章《楊白花》」也。傳奇凡六折，曰傳書，看劇，聞警，報警，虛驚，設計。謂福晉於庚子拳亂時，曾與楊有舊，洎入深宮，乃思重拾墮歡，微波通詞，聿修舊好，終且偕行肥遁，事不尋常，而殊少曲折，亞雲乃能敷成六折，非易易矣。

〈聞警．念奴嬌〉云：「萬千氣象看江山如畫，風雲鬱壯。到底中原終屬我，管甚民生板蕩。帝業千秋，皇圖百世，紫氣騰千丈。區區小醜，底是風塵草莽？」寫當日朝廷之視革命黨心理如繪。又〈末序．潛龍〉云：「迴想髮捻弄兵，拳匪攘禍，殲除小醜如反掌。卻不道此番革命，如此猖狂！」昏憒老臣，確有此夢囈也。又報警折〈點絳唇〉云：「你香夢已酥，我春心還蕩，褪鴛衾笑語春溫，真樂煞俺也！」〈油葫蘆〉云：「我知道你是熱風情按不住心頭冷，鬧春光關不住牆頭杏，若不去急煎煎團扇招蝴蝶，怎能夠喜冲冲錦帶結鴛鴦。」則消魂蝕骨語矣。《北史》云：「有楊華者，本名白花，容貌瑰偉，胡太后逼幸之，華懼禍及，改名華遁去，胡后追思不已，為作《楊白花歌》。」亞雲以此為題，殊見巧思。當時王西神丈有《碧血花傳奇》，葉楚傖有《溫生才傳奇》，皆革命史料也。

鐲

偶於酒畔，睹麗姝三五，各以手帕纏臂間鐲。余聞諸姑言，光緒初，盛行繡帕四邊緣以流蘇，於帕心綴絲線。繫諸手鐲，行動披拂，有若長袖翩躚，則此飾亦五十年前之舊矣。惟今日夏衣露玉臂，手鐲及臂彎以上，而昔日乃在腕際耳。若更稽古，是亦有徵，漢繁欽〈定情篇〉：「何以致契闊？繞腕雙跳脫。何以致拳拳？綰臂雙金環。」跳脫即條脫，乃以珍物連綴而成，臂環乃今之手鐲也。觀於此，則手鐲上綰於臂，斯為古制耳。

吳中有念秧，以藤為手鐲，外敷黑漆，磨掌久之，可黏燈草而起，誇為烏金，來自域外，佛家所珍，御之可卻百病，鄉愿震其神異，每入彀中，近年始稍斂跡，蓋燭其奸者較多，不得售矣。曩年黃金賤，一鐲有重四五兩者，後更輕視，乃飾以珠寶翡翠，御者必左右成偶，惟男子飾漢玉鐲，亦如今日女子之以奇耳。余意飾物之在手臂耳項間者，皆蠻俗，而有約束之義，觀於苗族之脛鐲鼻環可知。一切解放，亦宜屏除，嘗見舞妓御黃白合金或賽璐珞者且四五事，更獷俗矣。

《珍珠塔》

傳誦閨閫之彈詞，無過《珍珠塔》，不知何人所作？顧以方子文之子及第之年（隆慶四年）推計，其事當在明嘉靖間。余友淩敬言碩士有清嘉慶十四年吟餘閣刊本。題俞正峯編次，首列嘉慶元年至泉老人跋，有云，「姑蘇俞正峯，語妙天下，而文筆更活躍。」則正峯似為說話人，曰編次者，殆原有是書，而正峯加以改竄，便其彈唱耳。

吟餘閣本頗與今日流行者有所出入，如陳璉作陳連，王本作陳宜，陳翠娥作陳翠蟾，而贈塔以外之刼塔，追塔，當塔，認塔，哭塔，當塔諸事皆無之，蓋方既得塔賦歸，跌雪獲救，未曾失塔，至畢宅後，以塔授僮畢琴，往河南奉母，琴中途冶游金盡，冒方名就九江韓太守告貸，即以塔留韓許，後韓母璧歸於陳，可知邱六橋乃後人平空插入，以增波瀾也。相傳馬如飛擅唱是書，所至每與聽者商榷情節，故一改再改，遂與原本大異。

吾邑周氏有馬本，為當時隨聽隨錄而成，聞乾點心之叮嚀，達三十餘折，可謂盡詞令之妙矣。或附會其事影射吾邑清監察御史陳王道，無可證。惟前年余友徐穉穉於舊籍中得一奩簿，首頁即列珍珠寶塔一座，其他衣裳首飾富麗幾等於郡主，決非平家所有，辨其紙色，當在明清之間，下書「潁川喜具，」不知即王道家所遺否？意者當時震於《珍珠塔》之華貴，乃有此附益歟？

《翩鴻記》

婁東俞劍華，革命詩人也。著《翩鴻記傳奇》未梓，凡十齣，為釵敘，酒樓，社鬨，謁秋，告陵，閨思，徵夢，勸妝，寫箋，投荒。云有巴東女子虞紉秋，中幗丈夫，醉心革命，僑居海上，應朱皋言之召，鼓勵民氣，響應武漢，識同鄉白雲，一見傾心引為知己。翌日白詣紉秋妝閣，有求凰之意。紉秋以為匈奴未滅，何以家為，白悵悵而別，已而悔之，其母為之擇婿宋氏，送女北上，途與南天暌隔。而白以革命以後，爛羊作尉，屠狗封侯，目擊心傷，悄然有出世之想，黃冠草履，不知所終。不僅翩鴻，實兼神龍也。

曲文哀麗可誦，惟「徵夢」蹈《牡丹亭》舊徑，「投荒」借漁樵作襯，又與《桃花扇》相犯，明知作者借他人酒杯，澆自己塊壘，然不肯別開生面，可惜也。白文為吳淞李老虬所補，亦覺詞章氣重，雖傳奇至末期，多以文勝，覺此作更甚耳。惟坐場詩頗有佳句，如「黃鳥不堪愁裏聽，綠楊宜向雨中看。」恰有遊子情懷。曲文之精粹者，如「謁秋」折〈瑣窗繡〉云：「是誰家歌脆春鶯，盪颺東風無那情，倚欄干十二，愁透眉心，懨懨病也，有何人來問？算只有鸚哥廝近，慘年華閒閒一瞬，嫩芳華憑誰管領？」寫少女愁病，心事如繪。余意傳奇只宜搬演古事，若取近事，非特砌抹不合時宜，即個性亦有扞格處。所謂一代有一代之文化與藝術，與電影之不宜古裝，同一理由也。

查潘鬥勝

蘇州有諺云，「查三爺飛金葉子」，謂清初有豪富查三，於重九登報恩寺塔，以金箔隨風飛散，市人爭攘，有毀屋圮牆以尋求者，查顧而樂之，故以是語譏揮霍無度者。顧《明齋小識》以此事歸諸青浦黃學乾，謂憎薪炭之多烟而難熾，買巨木使工人鏤木花以代之。於重九將金箔放山頂，深林高麓，俱成金色，時有「要緊窮」之語。曾見某筆記云，與查同時者尚有潘，亦鄧通、石崇之流，兩家好勝，各不相讓，踵事增華，窮極奢侈，故舊時京劇有「查潘鬥勝」。

而杭州之豆腐三橋，即當日兩家炫奇競異之處，豆腐乃鬥富之音譌也。小說謂明正德皇帝曾與王龍鬥寶，而俗傳沈萬三亦以聚寶盆見忌於洪武，卒羅織於藍玉黨案，可知謾藏不僅誨盜也。而富收藏者，輒喜與人爭衡競比，或查固有此事，而黃乃效之。或以兩人行跡相類，乃以一事分著其人。然查名傳於久遠，而黃名不彰，查有此奇蹟，潘豈無可述者，其間消息，不可解也。

莫干山觀日出

曩在歷下頗欲一登泰岱，以盜多行路難，未往，至今耿耿焉。前年遊莫干山，未行前聞老友朱慰元言，山上觀日出，奇麗為他處可無。故上山之詰朝，未明，即披衣而起，倚檻靜待。顧曉寒殊甚，急切未挾纊，乃以棉衾裹體，如健兒入運動場。蓋山上減山下溫，恆在十度以上，八月天氣，山下曉起亦須加衣，宜其須冬服矣。

初，瀰天沈黑，東方雲腳微露淺白，始辨天地，然若為山谷，若為樓臺，則猶混沌於墨水瓶中也。雞既鳴矣，光明漸呈，林木雲巒判然，而天空之顏色如畫家之調碟，陸離光怪，無所不具。已而突現異采，有若金蛇萬道，偃臥天際，雲片半作青紫色，陰陽向背，示其立體。而竹梢水氣蔚起如烟，亦凝與雲亂。林鳥啁啾，有振翼作飛翔之勢者，爾時山下當知天曉矣。曾不數瞬，金蛇悉遁，雲氣平淡如山下所見，一輪紅日冉冉而上矣。夫朝曦與落日大相逕庭，惟由一掐指痕而一彎，而半規，而整圓，漸變其形，速如吞噬，則初無二致耳。下山語慰元，渠大為余賀，謂一宿得之，頗非易易，有一月僅得一二見者，蓋陰晴燥濕皆與日光有關，非天高氣爽，不能如此壯觀也。然余以是益思慕泰岱不能置。

和合

今人中堂每懸天官軸子，或言為馮道像，以其歷事五代十三君，富貴壽考，兼而有之，人生至此，尚復何求，尊而敬之，固其所也。然婚家懸和合軸子，殊失本意，《太平廣》記載，閿鄉人萬迴師，俗姓張，兄戍安西，久失音問，父母念之，萬迴願迹之，朝且糗糧出門，夕即回家，出袖間物，果其兄跡。閿鄉去安西萬餘里，故云萬迴，是則一高僧也。而田汝成《西湖游覽志》載，宋時杭城以臘日祀萬回哥哥，其像蓬頭笑面，身著綠衣，左手擎鼓，右手執棒，云是和合之神，可使人回萬里外。是已尊之為神矣。然僅祝征人早得團聚，與婚媾無關也。

且今之和合軸子，乃兩人，一衣緋，一衣綠，非萬回一人，因之或疑為寒山拾得，蓋寒山拾得交好無間，而佯狂玩世，作散髮嬉笑狀亦當。所謂「燕爾新婚，如兄如弟」也。寒山寺有石刻，不憶為何人所繢與和合軸子頗相似，固為寒山拾得像也。以臆度之，初因萬回哥哥有和合之稱，又病其孤獨，乃更附麗一人，同是比邱，即擬諸寒山拾得，亦無不可，於是去鼓棒而易以荷花盒子，諧和合也，綴以蝙蝠，祈得福利也。然新婚而祀高僧，豈「色即是空，空即是色」之謂歟？

女詩人

《新無錫報》二十週紀念刊，有今代三女詩人新作，皆清新俊逸，無庸脂俗粉氣。一為廉南湖夫人吳芝瑛女士題《寒匡集》二首，其一：「瘦日霾天陣幾重？有人收淚說心胸，近來詩境誰能會？獨聽寒山寺裏鐘。」原注云：「小湖在蕭寺，聞爹吟寒匡時，笑問爹所唱是姑蘇城外寒山寺否？」其二：「一編脫手著悲歡，羅女花開蕙帳寒，三十年間同曉夢，問君何事客長安？」原注云：「吳稚暉先生撰〈寒匡詩集序〉曰：十年前余居倫敦，美利堅之總統羅斯福。挈其女漫遊英倫，其女所謂外交界之花，倫敦報界學界爭歡迎之，羅女甫下車，即問西朋斯德寺何在，彼將置百務，急欲先謁郯尼孫。郯尼孫者，百年內英之詩人，死行葬禮於西朋期德寺，比隆於我國配食孔子廟堂，其詩之傳誦於美國人人之口，按其流品，即與陸渭南等同價，劈絲繡之，團扇畫之，東海西海，妙年兒女之心理皆同。然則百年後，正有外交界之花，執《寒匡集》而繡以詩，畫以扇者，雖不得以豐功偉烈，範像大衢，亦奚憾哉！亦奚憾哉！」

芝瑛為清代桐城派殿軍吳摯甫之女公子。以寫《楞嚴經》葬秋鑑湖兩事，名重海內外。晚景殊蕭索，海上、湖上兩小萬柳堂，先後易主，而南湖先生復不得與夫人多諧琴瑟之好，去年蛻化。詩人多窮，豈不可逃免歟？其詩之饒有秋氣，誰曰不宜！

一為薛匯東夫人袁子昭女士之〈秋夜〉，〈聞雨〉，〈思鄉〉，〈秋景〉四詩，而以〈聞雨〉一絕為最：「西風連日催花瘦，每為窗前百卉愁，半榻涼生知夜雨，又添小院幾分秋。」子昭書法極肖阿兄寒雲公子，詩亦落落大方，不纖細落言詮。薛氏為梁溪望族，既議婚，恐子昭不慣舊居，乃別築新屋以待之，顧子昭依然不耐南方生活，匆匆北去，始終未入，一度易為太湖水泥公司辦事處云。

一為金婉範女士，曾任無錫縣法院書記官，今讀書上海法政學院，〈詠荷〉云：「月下荷盤映柳枝，經盈嬝娜算丰姿，天生玉質臨風擺，正是香飄花盛時。」其二云：「出水芙蕖第一枝，難將嬌潔擬丰姿，荷盤乍展苞初放，已是亭亭玉立時。」詩最稺弱矜持，而書法雅近王夢樓，即遠追香光，亦無不可。晚近此調將成廣陵絕響，於閨闥中更難求矣，楚材晉用，致梁溪彈丸，詩境宏開，楊家令茀，不落寞矣。

惠蔭秋禊記

癸酉中秋前三日，國學會友集於吳下惠蔭花園，秋禊也。陳石遺、金鶴望兩詩人各攜文孫至。

而張大千、謝玉岑、曹纕蘅輩，俱自海上來。石遺袖詩眎纕蘅云：「得子匡山一再書，闕然不報悵何如？病身宛臥蘆中鶴，人海潛逃網底魚。五老羨君常仰止，二林怪我太咨且，長翁契闊江湖久，可念白門烟柳疏？」緣纕蘅甫自牯嶺歸也。

飲於漁舫，前池後河，然俱不可釣，漁之名非實焉。酒數巡，石遺老人抗喉歌辛稼軒〈永遇樂〉詞，雖不協律？而蒼涼悲壯，所謂放歌者近是。繼之而歌者，有郭竹書之道情，屈伯剛之慘睹，楊蓉裳之琴挑，汪謙父之佛曲。雜然以起，與風雨蕭疏，木葉瑟落相應。席終，鶴望師請大千作圖，而自任撰文以記之，與者題詠其上，成文苑掌故，盛事也。

惜累日陰雨，木樨猶未放，秋色殊落寞，惟階砌海棠作可憐紅耳。瀕散，竹書以素箋索題名，石遺老人已七十有八齡，援筆作小記，老眼無花，洵壽徵矣。少年貝錦有軫念關外語，竹書愴然久之，蓋竹書為蘇翰章將軍之祕書，去年轉戰黑水，近方息影吳門，故言及往事，不能無感也。

官樣文章

頗聞執政柄者，欲袪轉展舞弄之病，於公文程式有所改革，先以標點明其句讀，然後將奉此等因相應合亟之詞，擴而清之。相傳有查案具覆者，按詞云：「查無實據，事出有因，」蓋亦習慣語也，以為如此模棱，為案中人超脫不少矣。孰知上司扎下，令重查詳覆。幕友大詫，問諸師。師曰：「若顛倒其詞，乃有語病，宜作事出有因，查無實據，則不復有重查之煩矣。」其舞弄之技倆，大抵如此。

偶見諸晦香《明齋小識》云：「湖北馬朝柱叛逆，其羽翼悉受緝捕，有湖南瀏陽居民，與其軍師姓名相同，時官是邑者，查得其田廬墳墓，歷年完稅印串，及年貌籍貫不符處，毅然開釋，中詳甚細，其幕友誤書『實係逆逃，並非良民。』蓋亦顛倒兩字，於是前後乖異，大遭駁詰，煞費斡旋，始得無事。而吾鄉有一事，與之頗相類。春燈之樂，由朝而野，每值元宵，鄉間恆掉龍喬裝以嬉。某日有以姤姦殺人於市者，苦主之母，龍鍾無依，乃叩於一先生之前，為之繕具陳詞。云其子與殺人犯素無嫌隙，忽遭暗殺，求重懲以罪，為死者慰。豈意判仍徒刑，非死罪，頗訝異。問諸幕友，則言無字之為祟也。蓋素無嫌隙，乃為誤殺，例得貸死，若易『無』為『有』，斯為故殺，佐證既實，可論抵焉。」

蘇城光復小記

蘇城光復，為宣統三年九月十六日，爾時余方讀書於草橋中學。先是武漢義旂舉，長口下游大震，學校雖未輟弦歌，而怯弱者已相率歸去。十五日午間得海上友人書，謂已易幟，益怦然動乎中，知旦夕有變。入晚，朱梁任先生至，問有械否？答以皆一響前膛，且未經習練，必不濟。朱先生去，臨行猶叮囑云，今夜若聞槍聲，毋驚恐自擾。但豎一白旂足矣。於是乃各戒旦，顧終夕未聞一異聲。天明出門則白旂已張於門楣之上，雖宮巷小肆，亦以竹竿縛白布撐簷下，倉卒不具者，甚至以被單為之。凡商廛市招，有滿字者，皆掩以白紙如喪次。市人熙攘如故，惟相值偶語，歎為神速而已。是誠所謂雞犬無擾，匕鬯不驚者矣。

余即於是晨出閶門，就日人理髮者去辮髮，蓋國人但薙而弗剪也。於城牆見榜示，書黃帝四千六百零九年。午後至撫院，已易為都督府，士卒纏白布於左臂，巡騎絡繹於道，並有緊急命令張通衢，如奸淫擄掠者殺，造謠生事者殺，凡十餘則。其實蘇人愛和平，罕有犯者，惟若干日後，謠諑漸起，則以金陵未下耳。城中有商團，至是更益以民團學團，為安輯閭閻助，總其事者魏旭東也。魏為光熹猶子，以殺人逃吳，吳下學校咸以軍事訓練委之，紀律甚肅，蘇人呼以魏教習而不名，今童子軍副總幹事薛噓雲，面有瘢如指掐者，即當時習射擊所傷也。光復之際，人人存括垢磨光之心，故事事有朝氣，曾幾何時，而故態復萌，依然暮氣沉沉矣。

越縵佚詩

越縵堂主人李蓴客，一代才人也。余曾擷取其日記中瑣奇之跡，貫串成章，刊諸《金鋼鑽報》，誤書其籍會稽為慈谿，其鄉人鮑亞白君貽書糾之，並言藏有越縵佚詩。余大喜，即還羽向索，越日錄眎十二什，謂非特日記中未載，即《白華絳跗閣》《杏花香雪齋》兩集中，亦不見，蓋得自李氏後裔者。中有二月二十七日晚，見寓庭桃杏花開，悵然成詠二首，云：「為問先生有底忙？滿身塵土滿頭霜，家庭大半春風過，纔見桃花一樹芳。」「舉燭山僮得得催，簷頭笑指杏花開，誰知日臥齋中客？晌晚匆匆一賞來。」不施脂粉，自見風華。觀其前有壬辰元日示僧喜詩，乃知為光緒十八年所作，時蓴客已六十四矣，越兩載即卒，故為兩集所遺。示僧喜詩，有「汝齡十八又開正。」及「未授一經吾已老。」之句，殆其嗣也。《越縵日記》詳瞻典雅，雖湘鄉湘綺，均所未逮，惜有若干冊在樊雲門許未影印，今雲門已逝，不知尚在遺篋否也。

潘小姐

錢維演《玉堂逢辰錄》，記營王宮火起於茶酒，宮人韓小姐謀放火私奔，則小姐之名，固弗俗也。今余所記潘小姐，其事尤與韓小姐類，襲其稱更宜。廿年前，雲露閣茶居有女丐懷雛兒，向茶客乞錢，淒宛絮聒，常受斥而不舍。常作吳語曰：「我亦好人家出身，」識之者咸呼以潘小姐。

潘為吳中望族，小姐早孤露，久不得偶，處禁闥，不慣寂寞，乃與僕通，為其兄所知，懼家醜外揚，忌器不敢投鼠，僅斥僕而沮妹，於是碧海青天，永無見期，小姐不能忘情，得間復奔僕所。兄聞之，知不可掩隱，乃與妹絕。小姐甘之，與僕賃廡為貧賤夫妻，有文君、相如遺風。顧僕粥粥無能，不克溫飽，某年憔悴以死。小姐既喪所天，不忍使一塊肉流落他所，竟乞食以撫之，可謂有專一之情矣。小姐曾登其兄門，數受奚落，故銜兄殊甚，每向人訴苦，不為其門楣留餘地。以是凡與小姐有葭莩誼者，咸不敢入茶寮。其後益潦倒，越十年，余重來吳下，見小姐已成鳩盤荼。未幾聞以盜某宅闍者一烟袋，為辱毆而死，自是芳蹤遂絕。數年後，有黃陸之愛，則以時代不同，不至如潘小姐之日暮途窮，可知人生洵有幸有不幸也。

雞頭肉

蘇之黃天蕩在城南，故稱南蕩，夏末秋初產鷄頭頗有名，叫貨者即以「南蕩鷄頭」成一詞。顧鷄頭有厚殼，須剝去之，乃有軟溫之粒，銀甌浮玉，碧浪沉珠，微度清香，雅有甜味，固天堂間絕妙食品也，海上羅致四方飲食殆遍，惟此物獨付缺如，或以隔宿即變味，而主中饋者憚煩耳。顧吾里婦女有剝殼以售者，筠籃貯盌三四，覆以白巾，走街坊求善價，不更便歟？蘇之婦女，何不習此？余殊弗解。

尚有野鷄頭者，產洪澤湖，殼黑而堅，產處不能用，必以巨船重載，揚帆千里而至吾里。婦女以桑翦去殼，煮之使軟，以河砂去其外膜，然後粒粒如玉潤珠圓。每於黎明入市求沽於肆，星眼朦朧，雲鬢零亂，有故作嬌憨以惑肆人者，若曰，我肉白且嫩，宜厚我值，語妙雙關，一時豔稱。然十指所獲，八口悠賴，統計一市，歲入逾萬金焉。

午睡

長夏得午睡片時，覺心身俱泰，所謂高臥北窗下，無異羲皇上人也。

詩人多能悟得斯中美趣者，故丁崖州云：「飽食緩行初睡覺，一甌新茗侍兒煎，脫巾斜倚繩牀坐，風送水聲來耳邊。」此將睡未睡也。（《癸辛雜誌》云是裴晉公詩）

陸放翁云：「相對蒲團睡味長，主人與客兩相忘，須臾客去主人睡，一半西窗無夕陽。」此端正入睡鄉也。

僧有規云：「讀書已覺眉稜重，就枕方欣骨節和，睡起不知天早晚，西窗殘日已無多。」此已睡初醒也。

呂榮陽云：「老讀文書興易闌，誰知養病不如閒。竹牀瓦枕虛堂如，臥看江南雨後山。」此睡而不熟也。

蔡持正云：「紙屏瓦枕竹方牀，手倦拋書午夢長，睡起宛然成獨笑，數聲漁笛在滄浪。」此酣睡已醒也。

王半山云：「細書妨老眼，長簟愜昏眠，依簟且一息，拋書還少年。」則於午睡悟道矣。

聞諸新醫，亦言午睡於攝生有益，可知斥宰予為朽木，未免太過。章太炎先生據呂氏〈慎人篇〉

云，孔子窮於陳蔡之間，七日不嘗食，藜羹不糝，宰予憊矣，則非平居惰廢也。含寃二千載，一旦得白。後人至欲改晝寢為畫寢，為之辯飾，多此一舉矣。

狀元糕

比來吳苑，不聞呼賣狀元糕聲矣。其人痤瘠如鬼物，顧與三十年前名花金鳳有香火緣。鳳嫁矣，偶相值，猶斥數金周之，故每豔說前塵於客前，而不自怨艾。蓋其人初為紈袴郎，涎鳳美，日就鳳媼，時鳳粥阿芙蓉於大成坊，其人即因以成癖，所謂「近日高唐增妾夢，為雲為雨復為烟。」者，其樂庶幾近之。後其人金盡，鳳亦高翥為北里班首，自不能附翼登仙，惟望塵興嘆而已。終且墮落至負販為生，曰狀元糕者，隱金鳳也。

近見《三借廬筆談》，載吳門高大癡〈一萼紅〉詞贈金鳳云：「得人憐，比燕兒更軟，小語太纏綿。笑臉添窩，纖眉斂恨，檀雲一枕春眠。奈楊柳生來嬌小，付東風搖曳路旁邊。不似梅花，蘆簾紙閣，眷屬神仙。忍說綠波春水，儘烏篷小揭，再見嬋娟。金屋藏嬌，玉臺留聘，重尋一段前緣。但只怕琵琶掩抑，到恁時相向各潸然。還怕香泥墜絮，蹤迹牽連。」睹檀雲一枕春眠句，或即彼姝耳。記得清末《小說時報》曾有金鳳立留園九曲橋邊一影，未必天人，不知何由顛倒一時也？

節料

宋岳珂《愧郯錄》云，凡今歲時，士庶家以錢分遺家人輩，目曰節料。宋太祖賜后詔云，今七夕節在近，錢三貫與娘娘充則劇，錢千五與皇后，七百與妗子充節料。按之今日，吳下惟新嫁娘節料之備特盛，元宵送油團粉圓，曰燈圓，取團圞之意；端午送角黍扇帕，其呈諸尊親者必倩人作書畫，而貽新郎尤鄭重，每出名手；中秋送月餅；歲尾送年糕守歲燭，綜其所費，亦頗不貲。

舊時女子能事針黹，每於初夏，即買黃綢製虎面，或八卦五毒，兒童佩諸襟角，以炫其儕輩，若曰，此我家新娘子所製，纖巧乃爾，亦紅閨韻事。自學校興，女子薄此瑣碎弗為，皆購諸肆以應故事，而吐絨香唾之豔，幾與蓮鉤步搖同成古典。然踵事增華，猶弗能廢，信乎習俗之難移矣。

濟南之泉

濟南人云，歷山下有泉七十二，今所存者不及十一。《老殘遊記》所謂家家流水，戶戶垂楊，與白門雅相近也。就中以趵突、珍珠、玉乳三泉為最奇，趵泉已傳名古今中外，其地即以泉名。而因緣為利者，如蟻附，大鼓最得眾歡，如其他雜耍百貨，趕集之變，而廟會之遺矣。池周數丈，駢列三眼，跳珠濺玉，有若沸水，晝夜不息。或云，曾經人工制作，故特呈異觀。臨乎其上者為呂純陽廟，把什者朔望必爇一瓣心香，有疑必卜於斯，故衣香鬢影，映水成畫，覺他處名勝無此豔蹟。

舊軍署有珍珠泉，容水於力池，清澈見底，細沫浮起，有如貫珠，隨起隨滅，無慮數十萬處。池外泉源，迴流迂繞，可泛瓜皮艇子，惜通署中腹地，張宗昌長直魯軍時，處其侍姬於署，益成禁臠矣。玉乳泉在舊省長署西隅，水噴湧可二尺，有似圓柱，徑六尺許，潔白如玉，翻泛成粒粟，乃如乳液，撫之微溫，飲之甘而不澀，遙望宛然一玉蜀黍。壁樹小碣，鐫文記顛末，謂出一朝鮮人手，更非天然之勝。

尚有金線泉，在趵突泉右若干武，山東大學校內，門者言，牆欹墮泥砂於池，濬之，遂失本來。惟洩水處，有波紋凸起，如線，可一尺許，水動則波紋亦隨之而動，如游絲盪漾。門者稱之曰黑線泉，此杜撰也，按之志乘，無是名。

泉多若此，或言其地下層為已死火山也。諸泉匯集曲水亭下，亭有棋社，棋聲丁丁，泉聲汩汩，靜穆如山居，結屋於此，豈不大佳，然左右皆甕牖繩戶，殆亦天所以慰藉其勞瘁歟？

陳佩忍之〈贖碑記〉

陳佩忍先生逝矣，陳先生文章名世，與奔走革命之績，較余知之詳者夥已，今惟述一瑣事以見其風概。去今二十五年，余讀書里學，金鶴望師授以陳先生之〈贖碑記〉，蓋有徐待詔達源室吳珊珊夫人畫像，鋟於碑，樹之平望鶯脰湖之平波台，不知以何因緣移諸黎里一豆腐肆，將磨礱以售諸石工，期得善價焉。里人蔡治民過之，見而異之，乃斥金贖之歸，以待詔亦生長黎里，今日獲之，若歸故鄉。陳先生聞之喜，為文以美之。情詞斐亹，於古文中別具風格，爾時余猶未知文章，但強識句讀而已。

其後以後進禮謁陳先生，辱引為忘年之交，重溫弦誦，乃覺其敬恭桑梓之心，固盎然在行字間，惟愛鄉者斯能愛國，愛國者必富於情感，於陳先生益得佐證矣。待詔一傳至雙螺，猶能照燿詞林，其後即黯然銷歇，不能傳楹書，而此貞珉，亦不知流落何許？因治民服官四方，未遑寧居也。去年蘇州某石工家得龐氏墓志若干，陳先生斥金贖之歸，貽龐氏子孫以置於家祠。而李印泉先生得陳先生遠祖墓志十方，亦贈諸陳先生。物歸其主，各得其所，惟陳先生能愛護他人遺物，斯他人亦以遺物歸之，所謂感應者，庶幾近之。

《三借廬筆談》

《三借廬筆談》，為晚近筆記中最宏富而最翔雅者，天南遁叟諸作，竭力模擬《聊齋》，往往文過於質，三借廬要言不煩，卻無此病，吾儕好懷古談往者，頗足資牙慧也。作者梁溪后宅鄒酒丐也，酒丐名弢，字翰飛，少年時頗跌蕩風流，常出入蘇滬勾欄中，雅擅才名，爾時勾欄亦頗喜以風雅為標榜，若得識字之雛，聲價陡增，而所謂夷場才子者，揚揄以承色笑，便詡才子佳人遇合，非偶然矣，非若今日事事作唯物史觀也。

酒丐於某年至蘇，躓而傷股，遂至瘓癱，然常扶矮几以行，值相識者即坐矮几作話，晚境之苦可想。甲子春，余與酒丐相見於梁溪。時酒丐方督理后宅圖書館，蕭然白髮，無復張緒當年，顧詩興猶豪，別後寄余一詩，以齊盧蠻觸之爭作，倉卒返蘇，故紙頗多拋棄，酒丐之詩亦歸於無何有之鄉，至今猶悼惜，蓋不逾數年而酒丐歸道山矣。篋衍尚存其《三借廬賸稿》一冊，覿面時甫告殺青。此外酒丐所主盟之希社，亦有社刊一巨帙。聞其家藏有未刊稿甚富。卒年八十一，既才且壽，人生何憾？所不足者其遇稍絀耳。

懷珠閣本事

元和江建霞先生標，才華跌蕩，文采風流，為一時眉目。宋仙洲巷有妓李愛珠，佻蕩笑謔，一片天機，江偶訪之，頗垂青眼。一日見江扇自書詩句，吟哦三復，似能通解者。問之不答，知有隱衷，益加憐惜，嗣是江每往妝閣，李必索詩，並自述身世，為沙南世家女，因荒歉為人掠賣，轉展至此，為墮溷花，來遊者多鄙俗，故絕口不及韻語，今數讀君詩如掘地及泉，不禁汩汩而出。即出小箋眎江，箋書三絕句云：「明知量窄頻斟酒，故識才多屢索詩，此事當非嫌我惡，從來生性未憨癡？」

「桃根桃葉事尋常，為愛名花惱寸腸；我是文通詩弟子，錦屏端合換門牆。」「絮泊萍飄誤綺年，好春明日又誰邊？縱然賺得江州淚，不洒東風染杜鵑。」江亦為之一往情深，名其所居曰懷珠閣，取「水懷珠而川媚」之意。

並有《懷珠閣感事詩》百絕，見諸《三借廬筆談》者五絕，其尤豔媚者，如「空廊嬰武傍儂啼，團扇多情屑麝臍；留得一雙金約指，教人忍想手如荑。」「薄薄妝梳小小鬟，素心一簇自幽閒，水晶簾底分明見，那辨花顏與玉顏？」其後珠投何許？則不得其詳矣。

口技

前年至金陵，飲於秦淮水閣，以座上客滿，乃移筵閣下畫舫中，燈火晶瑩，電流都從岸上來，蓋無異陸地行舟。酒次，聞雞聲喔喔，頗訝啼非其時。已而復聞家家布穀聲，更詫奇。客莞爾曰，此丐者以口技乞錢也。咸神之。已而近舫，座客爭視之，以昏黑不辨面目，惟見其短衣跣足立水邊。有投以小銀圓者，道謝而去。去時又作子規之啼，漸遠漸輕，有若振翼而飛者。仰見明月，悠然起江州司馬之感。

念秦淮蕭歌，自昔稱盛，定都以來，懸禁倡門，一時化公為私。而水閣珠簾間，無復當年金迷紙醉之觀。畫舫本粥歌者，今乃常汩水涯，為酒肆尾閭，而留此末技，猶作白髮宮女之點綴，寧不可嘅。客曰。是丐一夕所獲，或猶愈於吾輩終日所營營以求者。且家有跨灶子，執役某署，足以奉甘脆而丐卻之，謂男子當自食其力，行丐如故。闔座聞言，誇為卓識。歸途猶隱約聞剛鬣公逐逐闌楯。爭食而鬥之聲。人寰擾擾，獨容此丐置喙，噫！

訪問之約

群居終日，言不及義，不僅廢時，亦妨事功，而訪問朋友，尤當體察對方，以期相諒，否則刺刺不休，未有不取憎於人者也。官場訪問，有如嬲劇，尋常過從，又易脫略，最難執其中耳。鶴望師讀書成癖，終日不釋卷，故頗苦酬酢之煩，乃榜於天放樓之門次，約於下午五時以後，恣譚無忌。石予師待客，供茶不供烟。而余則每喜約友於茶寮，蓋取其可以同時晤及多人也。

近見《明齋小識》，載有訪問之約云：「此間客來不迎，客去不送，去求自便，不拘拘於禮節。不得談人閨闥，訐人陰私，紛紛講財利及官長事。有酒便酌，有詩便吟。其有告我以善，規我之失者，我師也。竭誠不欺，多聞相長者，是我友也。僕雖不敏，敢不敬承。如其矜情飾貌，口與心違，非此室中人也，請迴滘士駕！」其間頗多可以為法。惟閨闥陰私，財利官長不許齒及，未免習晉人羞言阿堵之矯情，其實俗不傷雅，謔而不虐，亦正可資談助，否則一味道貌岸然，俗士雖欲不迴駕而不得矣。

白話文

今日言文字革命者，恆以五四運動為啟緒之機，不知光緒中葉，已有白話文之提倡，惜乎科舉之餘燄未息，其勢有所弗敵，故銷沈而不能光大耳。吾鄉有自治學社，柳亞子君即於此中著其種族革命之論，以謄寫版印「自治白話報，」比戶投贈，其所論列，以白話文為主體，有小說曰《秦皇鏡》，以暴專制之淫威，有歌謠曰〈吳三桂借清兵〉，以著漢奸之罪，此外鼓吹天足則有〈纏足歌〉，幾於家弦戶誦，以視今日見標語而掉首，聞口號以掩耳者，其宣傳之工拙，何啻霄壤。尚有一說部，衍洪承疇事，已不復憶其名矣。

余之識新小說之面目始此。顧其體裁猶取章回，描寫悉同演義，故入人至深。亞子每自挾報紙走街坊分配，余視之如飢渴之俟飲食。惟幅小有如講義，字蹟漫漶，更費揣摩，大都散佚，不事保藏，亦以是故。

七錢三分五釐之銀幣

余見劉公魯許有咸豐間上海某銀號所範銀幣，其制悉同墨西哥，以為中國之用銀幣，當在咸豐以前。近見《明齋小識》，方知乾隆二十年後，已有發見，惟不為交易用耳，而最初流行之銀幣，其重率為七錢三分五釐，不知何以後日減去一分五釐也。又言其圖案有鳳凰、馬劍、洋船、雙燭、水草諸類。余生也晚，他無所見，惟馬劍在童時尚有所聞，已視同瓌寶，珍而祕之矣。清末有所謂站人兒者，繪武士持矛，不憶為何國所製，今亦絕跡矣。而相幣者能鑒貌辨色，即知真偽，不必聽其聲也，有祕訣，全在板式區別，有所謂廣板、建板、閩板、浙板、錫板、蘇板之名，不知何解？豈廣、建、閩、浙、錫、蘇貲有私範耶？自紙幣通流，咸利其輕便，於是銀幣漸歸淘汰，今人無有腰纏逾十枚者矣，白銀安得不低落，中國安得不窮。然每值變亂，人又厭惡紙幣而擠兌矣。治文字者，每稱元為金，如言十元則曰十金，不知一金在漢時為白金一斤，值錢十千，論重率，視一銀幣殆二十倍焉。

豪賭

今人言豪賭者必數奉直將領，而尤以張宗昌為魁，蓋收斂剝蝕，所積至厚，日夕揮霍，不虞其竭也。然宋時亦有豪賭者，章郇公作三府日，寒食與丁晉公博，翌日封置所負銀數百兩歸，公明年寒食復博，而郇公卻負於丁，丁督索甚急，郇公即出舊物以償之，而封緘如舊，塵已昏垢，丁大服其氣局。六七百年前，生計儉約，而勝負已有數百兩之鉅，若在今日，當不讓軍閥之豪也。

余前聞翠廬言，有客與張作霖有舊，時張稱大元帥於京師，謁之，欲有所干，張薄其人無一長，未遽許以官。某日忽召共博，客恐其出入巨，力有所不勝，而又不敢卻，幸以籌計，不至窘露，局終，倖獲一天牌一地牌，張簽付支票一紙，不暇視其數量，懷之而出，逕赴某銀行取之，則一萬一千元，蓋以底言，為一萬元云。驚喜交集，至不敢再往，小有經營，乃團團作富家翁，視隨冰山而倒者為安謐，所謂知足不辱歟？

黃摩西

常熟黃摩西人，雄於文，恣肆有如龔定盦，沈著有如王瞿曇，其為詩與詞，又悱惻纏綿與其鄉人龐蘗子雅相近。為東吳大學國文教席之開山者。不修邊幅，時在清之光緒末葉，已先解辮截髮，顧不加梳櫛，恆蓬鬆如亂草，天燠熱，常發奇臭，而口講指畫時，又唾沫四濺，故學者每去首列以遠之。然娓娓滔滔，令人忘倦。其後縱於酒色，與一女傭處，儼若夫婦，而侘傺益甚，終至狂易以卒。

近其門人凌敬言君，謀輯其遺著，收羅甚勤，曾詣其故鄉。訪其戚畹，頗有外間未見之作。當時用以為教本之文學史，積稿盈尺，分中國文學為古世、中世、近世三時期，有總論，有分論，有作者略史，有作品引證，雖範圍太寬，斷制不嚴，而在三十年前尚是創制也。黃卒，無錫稽健鶴繼之，襲用其稿，亦未整理，付諸謄寫，都三十餘冊，為從來講義未有之巨帙。章太炎先生曾與黃共事，兩人意氣殊相投契，而舉止章視黃為矜持，至今章語及黃，猶惜其才焉。

伯先公園

鎮江有伯先公園，依山為屋，雜植花木，銅像巍峨，氣象殊莊嚴，東南都市之公園，武林外此其巨擘矣。今春往遊，杏花猶繁英滿樹，時已三月清明，故余有一絕句記之：「伯先祠外踏青來，碧血青銅有古哀，畢竟春寒殊料峭，桃花時節杏花開。」

按伯先死革命，而饒有文才，其贈吳樾詩云：「淮南自古多英傑，山水而今尚有靈。相見塵襟一蕭灑，晚風吹雨太行青。」「雙擎白眼看天下，偶遇知音一放歌，杯酒發揮豪氣露，笑聲如帶哭聲多。」「一腔熱血千行淚，慷慨淋漓為我言，大好頭顱拚一擲，太空追攫國民魂。」「臨岐握手莫咨嗟，小別千年一剎那，再見卻知何處是？茫茫血海怒翻花。」吳樾無殊荊軻，則此詩正如高漸離易水擊筑也。

伯先雖未與七十二烈士同殉黃花崗，而聞耗愴慟，以是卒於病院，不能如張子房功成身退，亦云苦矣。前年陳佩忍先生輯革命博物館月刊，列其事略，附以七律一首，謂其詩不多見，則上之所錄，或可視同吉光片羽矣。

詩人不治生產

曰詩人多窮，曰詩窮而後工，似詩之為物，至不祥者矣。或者豐於此則嗇於彼，人之於名利，固不可得兼歟？抑詩人已盡其心思才力於詩，遂無餘勇及夫生計，於是羞言阿堵。坐吃山空矣。吾鄉淩莘廬先生才華富贍，尤工於詩，靈芬以後，當首及焉。顧數遭回祿，兩殤弱息，窮愁潦倒以終，而《莘廬遺詩》遂以傳矣。

生丁洪楊，避居海上，爾時腰纏累累，無異騎鶴揚州，而海禁初開，其紛華綺麗，為鄉愿所驚異顛倒，於是日乘輿詣章台，花天酒地，尋杜牧之夢，遂劉阮之願，其時有妓富金者，一見傾心，引為紅顏知已，幾欲量珠聘之，寶馬馱之，卒以不遂鴇母之欲而止，莘廬有聯贈之云：「我富才華卿富豔，兼金身價斷金交。」其喜心翻倒可見。

某歲遊武林，歸舟近里門，見火光燭天，知甫兆焚如，問岸上人何處？岸上人言是凌磬生家，莘廬即命返棹重至武林。蓋磬生為其小名，既知廬舍已毀，憑臨適增愴痛，不如掉首他去，以免觸目而傷心耳。人言其達，余謂適見其窮蹙而無可奈何也。

宋詞

宋詞多可歌，胡銓《經筵玉音問答》，記孝宗優遇甚詳，潘妃歌〈賀新郎〉，有「相見了又重午」與「荊江舊俗今如故」之句，度為詠端陽競渡。後又歌〈萬年歡〉，為仁宗所製詞，不知作何語？而孝宗亦歌〈喜遷鶯〉云。又文中有「這樣樂處」一語，可知宋代文人，好以白話入文，皆受理學家語錄影響。

王若虛《滹南詩話》云，晁無咎謂東坡詞小不諧律品，蓋橫放傑出，曲子中縛不住者。山谷詞固高妙，然不是當行家語，乃著腔子唱如詩耳。蓋唐人每以詩入樂，旂亭畫壁，是其明證。陳後山獨推秦七黃九，意者兩人詞多能歌也。曲興而詞益衰，填詞者不問音律矣。

近吳瞿安先生有復古之創，其為詞必求協律，然聲譜已亡，何從推究？則以原唱為正則，分別四聲，而於平聲復嚴論陰陽，與曾今可之創解放詞，彷彿一讀內則，一事社交，大相逕庭矣。余意曾固多此一舉，吳先生亦太自苦耳。譚正璧《中國女性的文學生活》，於兩宋詞人論列頗備，然於王荊公家諸才女，缺如焉。魏泰臨《漢隱居詩話》謂，荊公妹張奎妻長安縣君有詩云：「草草杯盤供語笑，昏昏燈火話平生。」女吳安持妻蓬萊縣君有詩云：「西風不入小窗紗，秋意應憐我憶家，極目江山千萬恨，依前和淚看黃花。」平甫女劉天保妻有詩云：「不緣燕子穿簾幙，春去春來那得知？」（原注一作春去秋來）荊公妻吳國夫人且能文，工小詞，〈約諸親遊西池〉有句云：「待得明年重把酒攜手，那知無雨又無風。」皆清麗不失婦女口吻，惜未窺全豹耳。

西王母

西王母始見於《竹書紀年》，云虞舜九年，西王母來朝，獻白玉環玦。其後《穆天子傳》云，天子賓於西王母，觴於瑤池之上，西王母為天子謠，天子執白圭玄璧，及獻錦組百，純組三百，西王母再拜受之。於此可見西王母服食語言，與常人無異，惟長壽耳。《漢書・西王母傳》及《漢武內傳》殆本此。而《山海經》獨著為異狀，如梯几而戴，勝杖如虎齒，有豹尾，穴處。如豹尾，虎齒而善嘯，蓬髮戴勝。幾不類人，不知虞舜與穆天子何可與之周旋？可見其荒誕不中情理。

司馬相如〈大人賦〉云，吾乃今日睹西王母，暠然白首戴勝而穴處。李白〈飛龍引〉云，下視瑤池見王母，蛾眉蕭瑟如秋霜。似亦依《山海經》立言。唐以後殆無不以長春不老之女神目西王母矣。今人祝嘏，於女子必懸西王母像，娟好如姑射仙人，而於男子，則懸壽星，《史記・封禪書》注謂是南極老人星。余意以為恐是東王公也。《神異經》《東荒經》云，東荒山中有大石室，東王公居焉，長一丈，頭髮皓白，人形馬面虎尾，載一黑熊。《中荒經》云，西王母每歲登希有鳥之翼，以會東王公，兩人之關係如此，今於壽星附一鹿，殆以熊擴惡故易之，且諧聲為祿也。

獅子山招國魂

清光緒二十九年十月朔，關中梁柚隱、吳縣胡友白、楊韞玉、朱梁任、包天笑等若干人，登蘇州郊外獅子山，為詩文以招國魂，其事甚祕，而當時文人革命思想之活躍，此其見端。朱梁任先生最激烈，書年曰：「共和紀元第四十六癸卯十月辛亥朔」，而署名曰「黃帝之曾曾小子」。詩曰：「維有胡兒登大寶，豈無豪傑復中原。今朝灌酒獅山頂，要洗腥羶宿世寃。」若為當局所發，必難免身殉，然不死於文字，而死於水，梁任先生其不瞑目矣。

復有〈題招魂旛〉云：「歸去來兮我國魂，中原依舊屬公孫，掃清羶雨腥風日，記取當時一片旛。」旛為一白布，上繪雄獅猙獰狀，意謂睡獅已醒，將一吼驚人也。前年陳佩忍丈主江蘇革命博物館，梁任先生曾語及旛，戲謂之曰：「招魂之旛至今猶藏諸篋衍，其價值在革命博物館所列者之上。」蓋三十餘年前，冒死以為此，其敢膽不弱於烈士之懷刃擲彈也。梁任先生歿後，此旛不知能始終保存否？惜革命博物館，亦以不急之務，不置督理，已徵集者，塵封蛛罥，精神之淬勵，中土之人已薄之而不為矣。

致語與開篇

彈詞必先以開篇，此古制也，或致語之類，按之宋周密《武林舊事》云：「參軍色念致語」。參軍為最初戲劇之一腳色，彷彿後之老生，稱之曰念，殆有節奏，蓋用以定場，用以引戲也。其後平話沿用之，觀於京本通俗小說每事必有一段引首語，《水滸》初本，亦有之。故周亮工《書影》云：「故老傳聞《水滸傳》一百回，各以妖異語引其首，嘉靖時郭武定重刻其書，削其致語，獨存本傳。」

惟致語亦稱楔子，金陵《王氏小品》云：「此書每回前有楔子。楔子為元曲救濟四折制之窮，平話用之，失其本意矣，今之平話，並此而無之。惟彈詞尚唱開篇，猶能存南宋說話之舊，自馬如飛以典雅之筆為開篇，益為聽者所重，於是開篇不僅定場引戲，抑且有專工者矣。」馬氏開篇，以《紅樓》諸曲為最妙，蓋能融會全書，摘發個性也。近人廣其用，滑稽突梯，刻畫諷刺，無不畢具，因之有專好者矣。

燕子磯俯瞰

癸丑余讀書民國大學，客金陵，得閒必出遊山水，不得識途老馬，則按輿圖索之。一日聞巖山十二洞之勝，冒大風以柱，出玄武門，天昏黑有雨意，入山寥廓空寂，四顧無人，頓生蒼涼之感，然氣不稍餒，仍跋涉遍歷三台達摩諸洞。其地故沿江，為江流所激衝，乃凹□呈奇觀，然多荒蕪，畏蛇蟲，不敢深探，惟二台洞有枯僧出應客，稍得瞻仰其山容壁色。旋登燕子磯，突出江上，有如張翼欲飛，直立其額，俯瞰長流，滔滔可念，而風濤起於足下，較錢塘江上為壯，其下帆檣林立，蓋候風信之轉變，始揚帆分道耳。維時天色垂暮，不容留連，驅車而返，以語同學，皆驚余毅力。

且言至燕子磯者，每動出世之想，以至捨身投江者，此言至足體念。方靈皐遊雁蕩，以為巖深壁削足以動嚴恭靜止之心，則遭逢屯邅，意志淺弱者，安得不驚怖慘怛，不惜身殉歟。顧余則別有所棖觸，科舉熾昌時，東南士子赴秋試者，咸命舟西駛，至磯下遇風，輒祈天呵護，今鐵軌貫通，已無此苦，所謂人定勝天者非耶！

紅槍會

民初軍閥苦民，豫中黨會雜起，其目的在自救，紅槍會尤滋蔓。有張生者，曾以環境所迫，一度入會，頃來吳下，語余細民行動，不可思議。當時固目睹會眾赤體與正式之軍隊肉搏，彈著其額而不入，刀砍其背而不血者。豫中黨會，以紅槍、黃槍、扇子為最盛，而莫著於紅槍。

紅槍者，會眾所背之刀，或所肩之矛，皆纏以紅綢，臨陣以赤體為常，各村分立而合作，偶遇違抗，群起攻之，故守望相助，閭閻以安，惜其所以團結之道，不以正誼而以邪術耳。初入會者，例須經會長在神前立誓，永為不侵不叛之徒。夜闌口授法術，首「洗臉」，次「請神」，次「鋼身」，三者既解，乃授「分子」、「閉火」等術，「洗臉」為基本教練，不諳其術，即不能入門。至於「鋼身」，乃肉體可御砲火之謂。「分子」使不為子彈所中，「閉火」使砲火不燃，其說與義和拳相同，蓋其伏流而復發耳。授術必有訣，張生已忘之，惟憶及鋼身之訣曰：「大仙傳仙傳的高，使我鋼身鐵頭腦。」其他鄙薄膚淺多類此。余謂若能導以之正，固團練之用也。

小頑意

西方工藝之興，必先具雛形，中國則否，近年始稍稍見。而肆其心力於玩物者，有楊令茀女士之大觀園模型，與周少甫之小擺設，令茀為梁溪畫師吳觀岱先生之入室弟子，久居京華，熟睹皇居之富麗，而醉心於《紅樓》說部，乃就其林泉樓閣，模擬製作，如納須彌於芥子，曾齎赴巴拿馬賽會，頗震其技巧。

少甫之為小擺設，就蘇州婚嫁喪葬之儀式，一一仿效，舉凡磁陶之器，皆自景德定制，而平時悉心收羅歷十年之久，費萬金之鉅，去歲曾謀運諸詩家谷賽會，以資無所出而罷。二者皆小玩意也，初無補於工藝，抑且有玩物喪志之愚，然前乎兩人者得未曾有，後乎兩人者，必無其閒情逸致則亦彌可念矣。余意二者宜置諸博物館以存之，若棄置而至於散失，亦殊可惜耳。今令茀女士專心於畫，少甫歸道山，恐不能免夫棄置零落矣。

汪笑儂

中國戲劇之革新，言之者夥，而行之者絕罕，蓋茲事體大，決非一朝一夕之力，所能奏功，而知戲劇內容大義者，厥維汪笑儂。或言汪舊為縣令，以酷嗜皮簧，慕汪大頭而摹擬之，一唱為聽群所竊笑，乃別創新聲，以笑儂名，示不辱也。陳佩忍先生曾為汪傳，目為中國近世第一戲劇改良家，親聞其身世於汪，知汪之祖父為蒙古人，氏博爾濟吉特，世襲台吉，其母則漢人。

甲辰隸海上之春仙班，初浙人有連横者，於戊戌秋居上海，撰《黨人碑》，以貽諸伶，諸伶多駑下，不能稱，既識笑儂，笑儂慨然任之，並為斟酌損益，以協於律，演於舞台，闔坐翕服，於是笑儂能爨演新劇之名遂大著。其後與革命黨人習，痛國事日非，知提嘶警覺之不可緩，復譜《虛無黨》，借波蘭衰亡以為中國鑑，而名益噪，恐過激不能嫻俗，乃譜《桃花扇》，寓興亡之慼於側豔之中，所謂以兒女情兼英雄氣者也。笑儂以後，惟夏氏昆季偶有《明末遺恨》諸作，外此皆頹唐無節概，若梅程之僅以柔媚搬演豔聞情史者，瞠乎遠矣。

范孝子

海門吳君語余范孝子事，與余所記孝丐事甚相類。范孝子名士華，為窶人子，勞作不能養其母，至乞餕餘以為甘旨，每得食，必分半歸奉母，人有信有不信。一日，莊家生子彌月治湯餅，孝子往乞，莊家予以一器，貯湯餅三，孝子食其一，留其二，請易破器將以持歸。莊家言，果歸奉母者，當別給汝，汝姑盡此器也可。孝子慼且泣，乃食其二，莊家復予湯餅三，使人尾之行。見其入破廟，以湯餅奉一襤褸婦，人於是始信孝子有異行，漸暴於眾，恆量力濟之。已而母死，孝子復為營衣衾棺槨，盡禮盡哀，若有恆產者然，復以哀毀，不久亦卒，里人請於官旌之。

初部議格於例，以為無後不能稱孝，省吏力爭之，謂孝出本心，無後為其力所不逮，不旌何以勵末俗。乃得請。余謂貧窶之子，獨行乃顯；歲寒而知松柏之後凋，彼膏粱子弟，頤指氣使，為之父母者，無所取求，孝行亦何由見耶？

瓦

瓦為南宋時一種趕集之名稱，如今日之商場，故《武林舊事》卷六，首列諸市，次列瓦子勾欄，下注城內隸修內司城外隸殿前司，而於每瓦下更注街坊名，如南瓦下注清泠橋熙春橋，猶言南商場在清泠橋熙春橋一帶也。又云：「北瓦羊棚樓等謂之游棚，外又有勾欄甚多，北瓦內勾欄十三座最盛。或有路歧不入勾欄，只在耍鬧寬闊之處做場者，為之打野呵，此又藝之次者。」則瓦為商場之總名更顯。

所謂勾欄殆為雜耍之集合地，非若今人專以目倡家也。瓦有書舖，多刻話本，即便於聽平話者之取以考覽，故宋本《三唐取經詩話》，末有中瓦子張家印款一行，按之《武林舊事》，中瓦乃在三元橋。或言瓦為街市名，實誤。厲鶚《東城雜記》並言，瓦舍創自統帥楊和玉，今杭州之瓦子巷，即其遺址。而南宋一切雜耍，均與軍人有關，小說之有得勝頭迴，即取悅軍人之意也。

《品花寶鑑》

《品花寶鑑》為常州陳少逸撰，皆寫乾隆以來故都士夫與優伶往還之事。道光丁酉成三十回，己酉遊廣西歸京，乃足成六十回，壬子始有刊本。楊掌生《京塵雜錄》載其事甚詳，謂書中所稱士大夫皆諱其姓氏，即伶官亦別立名目。有名相如而實不相如者，頗以為憾，掌生與少逸並時，至欲作書致少逸，與之商榷。時少逸館內城一尚書郎家，書成，都人爭相傳鈔。或言少逸以此書遍干江浙諸大吏，各有贐贈，此則打秋風之別開生面者矣。

三保太監下西洋之張本

羅懋登撰《三保太監下西洋演義》悉言中國聲威，不免過甚其詞，檢諸《明史》，亦無如其詳。雖多所誇張，而大半材料，根據《星槎勝覽》《瀛涯勝覽》兩書而成。近人向達曾有考據，載《小說月報》二十卷一號，云鄭和原姓馬，為回回世家，又信佛，別有法號，曾刊《摩利支大經》；姚廣孝有跋。至演義中所述地名，十之七九可據，日人藤田豐八有《注島志略》，附以西文，蓋可作南洋地理書談也。

《南巡祕記》虛實參半

許指嚴君治小說家言，多述掌故，文勝於情，故風靡一時。某歲來吳下，與趙眠雲、鄭逸梅兩君飲於宴月樓，余曾以《南巡祕記》虛實相責。指嚴微笑不答。余曰：「小說不能全據事實，亦不能一無依據，大著恐虛實參半耳。」指嚴乃頷首曰：「先大父博聞強記，長夏招涼，輒以語余，於是裝點穿插，乃成奇文。當時所述，已不盡可徵，更歷年所，必愈多鑿空，讀者喜其詭異，正不必刻舟求劍也。」所言頗忠實，故讀指嚴掌故小說者，均可作如是觀；即他人道掌故者，亦未嘗不可作如是觀耳。

李印泉之守正

李印泉先生近刊《景邃堂題跋》三卷，其跋自書先人碑志冊云：「民國六年五月三十一日，督軍團作亂，陝西督軍，陳樹藩從逆其黨倪嗣冲、徐樹錚電致陳樹藩，謂李根源如拒署通電，即予槍斃，以除後患云云。余守正血性男子也，不能討賊，已負此官，何能與賊為伍？抵死拒署，橫臥樹藩胡床，大罵，令速死我。時陝紳宋芝田、王錫侯、宋聚五、寇直如、郭蘊生、黃敬臣諸君一二十人，為樹藩邀至軍署會議，聞變，群趨余前維護，並責樹藩以大義，余遂以不死，然非所願也，今拘禁月餘矣，雖朝夕待死，而心定神閒，敬書先人碑志一冊，付之內子，如有不測，攜歸傳之子孫，俾知余不負國，不辱死之精神云。七月廿一日不肖李根源謹識」。

印泉先生時為陝西省長，民初省長罕有不視督軍為從違者，李先生能守正不阿如此，有古烈士風，而橫臥胡床，要其速死，尤嫵媚可喜，想今日嘯傲林泉，湔屣功名，一為回首，亦將笑當時之憊賴矣。

羅癭公與程豔秋

羅癭公與程豔秋一段因緣，為民初故都佳話。而豔秋料理癭公身後事，海內更許其風義。故李印泉先生輓以聯云：「顧曲得知音，公可無憾於死；達觀付遺囑，我仍如見其生」，蓋癭公遺囑，初付豔秋，後歸印泉先生，並豔秋書同付裝池，余曾於景邃堂見之，原文當時似已布諸報章，惟于右任諸人題詩其後，未經人道過也。

于詩云：「詩人落拓存遺稿，豔蹟流傳亦可兒，一代士夫說忠義，伶官傳上有微詞。」豔秋亦有五古一首，雖不工，殊見其誠摯，詩云：「明月似師魂，見月不見人，回憶傷心語，時時淚照襟，思想知己感，獨坐悵良辰，供影親奠酒，聊以盡我心，恩義實難忘，對月倍傷神。」蘇翰章將軍來吳下見之，亦與其記室郭竹書各題一詩。蘇詩云：「古今知己無多少，修得先生豔福難，莫笑當時傳事蹟，幾人賞識到伶官？」郭詩云：「澆薄遺風競效尤，遺詩一讀淚雙流，與人莫說酬恩易，惟有可兒程豔秋。」「騰衝一老敦風義，勵俗來將豔蹟留，編出羅程新合集，名伶名士各千秋。」

《水滸》之作者問題

《水滸》之作者，今已成一不可解決之問題，大約有四說：（一）施耐庵（二）施耐庵作，羅貫中修改；（三）羅貫中作；（四）別一作者。第一說歷來刊本多如此。第二說近人發見金聖嘆截斷之跡，而有此疑。第三說謝无量所著《平民文學之兩大文豪》言之。第四說胡適之輩主之。究竟何說為是？恐非此時所能斷。

即認為施耐庵所作，而施耐庵之本身問題，亦已有三說：（一）施耐庵實有其人。前年《新聞報》曾有墓誌小傳等發表。（二）施耐庵即著《幽閨記傳奇》之施惠。吳瞿安《顧曲麈談》言之。余曾親問其根據，言從《錄鬼簿》推想而得。然《錄鬼簿》言之甚閃爍也。（三）施耐庵為當時說話人。胡適之、鄭振鐸輩主之。顧近見韋蘭史《說海一涔》云：作者實史姓，或言史姓亦為偽托，江陰人，負奇才，暮年猶未害一衿，落魄澄江，後依邑紳徐氏課其二子，暇時，就村氓呼聚角逐之事，附會擴張，而成《水滸》。其間地名皆所居附近之村落山溪也。此說更奇特，令人錯愕，總之施耐庵決非真有其人，因有此槃槃大才，不應無其他文字流傳，即元明之間為筆記者，亦無人道及，更可疑耳。

美人蕉

秋日有翠葉紅花，茁階除間，號美人蕉，其名絕艷，而能副其實。明陳悰〈天啟宮詞〉云：「春風香艷知多少？一樹番蘭分外紅。」注云：「即美人蕉。」恐有誤，蓋未見美人蕉於春風中吐其香艷者。惟番蘭兩字頗有相似處，美人蕉瓣長如雀舌，彷彿白蘭花，蘇州值歲首，婦女多簪紅蘭，殆即陳悰所稱番蘭歟？

素火腿

王漁洋《香祖筆記》云：「越中筍脯，俗名素火腿，食之有肉味。甚腴，京師極難致。」然相傳金聖嘆於臨刑時作家書致其子云：「花生與豆腐乾同食，有素火腿之味。」又禪院須素食，以豆腐衣疊積而煮之，亦稱素火腿，是則素火腿已有三物可擬矣。蘇州糖果肆所製筍脯過甜，殊不類火腿也。

白門柳

白門多柳，往往在淺渚邊，如古美人臨鏡，秀髮紛披，倍添嫵媚也。二十年前，余僦居城北雙龍巷，曉起入學，過大石橋，望北極閣，亦有幾樹衰柳，則如雞皮鶴髮矣。王漁洋有和錢石崖〈秋柳小景〉云；「宮柳含烟六代愁，絲絲畏見冶城秋，無情畫裏逢搖落，一夜西風滿石頭。」袁籜庵見之，戲曰：「忍俊不禁矣。」蓋漁洋亦深於情者，〈秋柳四律〉，或言有本事，非寃枉古人也。

寫白門秋柳，最楚楚可憐者厥維《桃花扇‧餘韻》折，「冷清清的落日，剩一樹柳彎腰。」此外如〈聽稗〉折「孫楚樓邊，莫愁湖上，又添幾樹垂楊。」〈訪翠〉折「千門綠柳，一路紫絲韁。」又「你看黑漆雙雙門兒上，插一枝帶露柳嬌黃。」〈眠香〉折，「齊梁詞賦，陳隋花柳，日日芳情相逗。」〈鬧榭〉折，「天然風韻，映著柳陌斜曛。」〈選優〉折，「鎖重門垂楊暮鴉」。〈賺將〉折，「望荒城柳栽。」皆蕭瑟饒有秋意，而柳之為柳，幾於描畫盡致，孔稼部何眷眷於柳也。

去年上揚州，見所謂綠楊城郭，雖亦有古趣，然不如在白門之棖觸萬端，亦不知其所以然也。蓋不必張緒攀條。而見柳自有許多歷史意味兜上心來也。《板橋雜記》云：「十七八女郎歌楊柳岸曉風殘月，若在曲中，則處處有之，時時有之，因作〈憶江南〉詞云：『江南好景本無多，只在曉風殘月下。』」然不可以語今日，今日十七八女郎唱陂黃艷曲，亦不過為招人榜子，蓋即以冶游論，亦為唯物史觀所影響，無復昔時雅韻矣。

《字觸》

測字之術，頗有玄機，談言微中，不可思議。周亮工有《字觸》五卷，摭取古今字說之有徵者，分瘦、外、晰、幾、諧、說六部，可謂洋洋巨觀。伍崇曜為之跋，附述《陔餘叢考》，《陶菴夢憶》，《今世說》三則，以補其缺，亦機警可喜。

某歲畢君倚虹招余往海上襄輯晚報，戲就林鳳巢問字，拈得「樓」、「螘」兩字，林援筆立就木旁米上各加畫，女右加子，山益重文，虫上加凡，豆右加頁，成「本來好出風頭」六字，余不禁啞然失笑，蓋傭書粥文，固有此等心理也。

吳俗

王漁洋謂，吳俗有三好，鬥馬吊，吃河豚魚，敬五通神。阮葵生謂，近日縉紳又有三好，曰窮烹飪，狎優伶，談骨董。按之現在，頗有改變，馬弔易馬將，好之者更甚。河豚魚以有毒，無敢嘗試者矣。五通神已成時代落伍，惟鄉愚祀之耳。優伶之狎，遠不及北平與上海，蓋吳中戲劇庸劣，無名角可狎矣。今所宜增者，電影與小食耳。

行春橋串月

八月十八日蘇州行春橋串月，亦稱吳中勝事，在昔畫舫笙歌，衣香鬢影，蔚成艷跡，此舉殆始於清初。《廣陽雜記》云：「吳三桂之婿王長安，嘗於九日奏女妓於行春橋，連十巨舫，以為歌台，圍以錦繡，走場執役之人，皆紅顏皓齒，高髻纖腰之女。吳中勝事，被此公占盡。」惟九日易為八月十八日。或以五通神故。

賽珍珠之英譯《水滸》

以《大地》一書馳名寰宇之美國女小說家巴克夫人，華人稱以賽珍珠。近以英文譯《水滸》告成，海內外文壇，為之一震。叩之曾讀是書者，以為尚能保持本來面目，可知彼於中國社會觀察甚諳，故不至但事直譯，多失本義，且巴克夫人，亦甚虛心，每遇困難時，常與中國人商榷，而其文筆平易，不尚高深，風行固其所也。《大地》之所以銷至數十萬本。即以能抓住大多數之讀者故耳。

顧趙漢威君，則謂法國報紙曾加以抨擊，以為彼譯《水滸》兩字，為皆兄弟也，已不忠實，將使讀者誤為中國社會惟強盜有友于之愛。按《水滸》兩字，出諸詩經在河之滸，滸，水涯也，小言之乃謂一百零八個好漢，皆嘯聚於梁山水泊間，猶稱綠林也。大言之，乃有摒而遠之之意，雖不必刻舟求劍，拘泥文義，然當不失原名之真相，否則將使未見是書者，疑為巴克夫人之新著矣。

雙爵室鑑古

雙爵室者，吳中畫家彭恭甫君之畫室也，以藏古爵凡三雙，故名，問值，則每爵不逾百金，然其色斑然，其聲鏗然，其紋工絕，其式古絕，恭甫謂若在五六十年前，每爵非三四百金不可得。問其故，云有三因，近年發掘古墟，銅器之出土漸多，一也。外人以贗鼎居多，不易鑑辨，咸不願以重金購致，二也。國內藏家亦以銅器不如書畫之易於辨識，一時又不易脫手，三也。不意骨董亦與時會推移，是則古董當稱今董矣。

悫齋尚書有司徒廟古柏卷，凡清奇古怪之面目畢具。司徒廟在鄧尉山麓柏因社，至今猶存，其齒當在千齡以上，其孫湖帆畫師為之識，並倩吳中詞人題詠，於是與宣南之紅杏青松圖同成士林掌故矣。湖帆舊有鄭所南作墨蘭，無根無土，僅花葉十七筆，於去年歸南潯龐氏，聞龐氏先得一偽作，既見湖帆所藏，即以偽作售諸一美利堅人，得巨金以易真品，可謂得市道矣。

恭甫前年於故都某宮見田黃圖章二枚，連以細線，亦就田黃雕成，工緻得未曾有。後在琉璃廠一骨董鋪，見二章，一如宮中物，恭甫將取以諦視，湖帆亟止之，恭甫不解其意，退而詢之，云，個中善作偽，苟不慎，著手即碎，將為所欺，雖償以巨金，彼且悻悻焉，實則本為黏合之物耳。

柳亞子點將

甲戌春南社雅集於海上之新亞酒店社友得三十七人，非社友七十二人，於是柳亞子、胡寄塵、朱鳳蔚諸人仿舒鐵雲《乾嘉詩壇點將錄》，以水泊英雄相擬，天罡屬諸社友，地煞屬諸非社友，而以蔡孑民奉為晁天王，尊亞子為呼保義。越日，太倉馮壯公見之，不謂然，語余曰：「亞子亢爽而豪，非宋江所及，若以玉麒麟擬之，較為切當。」其中最有意味者。厥維林庚白之霹靂火，朱少屏之入雲龍，張心撫之沒遮攔，胡寄塵之病關索，陳綿祥之浪子，皆切合其情性行誼也。

是日之集，與南社二十週紀念之虎阜大會同其盛，包天笑有南社復興之議，以為可以新陳代謝，綿延其生命於不替。亞子起而謝曰：「行年五十，思想落伍，願保存南社過去三十年之光榮歷史，不願南社更為馮婦矣。」壯公笑曰：「亞子思想，或嫌其銳進則有之，誰病其落伍者，其人真落伍矣。」一時議論漸雜，乃以進食而罷。此次動機乃在陳佩忍先生之追悼，蓋先是日，吳鐵城、柳亞子輩發起於寧波同鄉會追悼佩忍，以素車白馬而來者，多南社舊友，乃於簽名時，通知聚餐，非社友之參與，而完全為向風慕義也。佩忍奔走革命，幾與中山先生相終始，然侘傺無聊，並一冷曹不能終其身。吳稚暉乃在追悼之際致詞云：「若天假其年，政府或將重用」，聞者啞然，謂吳先生之言，騙鬼亦不能取信也。

老泉非老蘇

三字經有「蘇老泉，二十七，始發憤。」之句，章太炎先生於去歲增刪是書：而於此句未改。顧老泉非老蘇號，乃東坡自號，〈得鍾山泉公書案詩〉云：「實公骨冷喚不聞，卻有老泉來喚人。」斷無直書其尊人稱謂之理也。即二十七亦誤，老蘇與歐陽內翰書有云：「洵少年不學，生二十五歲，始知讀書。」可反證也。

南社二十周年

中華民國十七年南社屆二十周年，由第一次集會人陳佩忍、柳亞子、朱少屏、朱梁任四君，發起舉行紀念典禮。先期寄發通啟，定日期為孟冬朔日，地點在虎邱冷香閣。是日天忽大雨，然冒雨而至者仍有三十五人。佩忍方在海上，為其族人嫁女作主婚人，恐翌日為遮留會親，不得脫身，乃於夜半離一品香，而宿於一小旅邸，並預定汽車，黎明即起，得附首次車至蘇。惟亞子、少屏兩君，一以瘧疾，一以病足，俱未至。故一切供張，皆梁任君招陸翥雙君綢繆之，佩忍之女公子亨利女士，奔走招待，亦頗辛勤，且飲酒甚多，興會倍添。初擬於千人石上攝影，佩忍、天笑怕走山路，止於靖園，未與。邵力子君、亨利女士怕為雨淋，亦弗與。與者大半如水湯鷄，有張蓋者，亦別開生面矣。黃賓虹君携史道隣手寫《贈戴練師詩》冊，咸謂與南社與冷香閣俱有因緣，而聚餐在李公祠附庸之靖園，梁任大不情願，謂應祀李秀成，因之僉請古物保存會，設法收還改祀。並以南社死於革命者配享之。談話會中均主南社復興。先成紀念刊，以歲底為止，後因循未果焉。

黃花慧業錄

吾人紀念革命之成功，當迴溯辛亥三月晦日黃花岡之役，蓋非七十二烈士絕大犧牲，不能激起武昌之義旗。此七十二烈士中，頗有能文章者。爾時《民立報》曾披露一二，余剪而藏之，今日展視，彌多感慨，恐其湮沒，錄之以廣流傳。「秋菊有佳色，社會惜斯人。」此陳佩忍先生題西湖秋社門榜也。黃花晚節，慧業留痕，亦正可以移詠耳。

羅仲霏號則軍，廣東惠陽人。弱冠為郡諸生。曾佐孫中山先生奔走革命，所事輒敗，乃南渡南荷諸屬島，應學校聘，以民族主義詔其徒，習炸彈於星海。三月抵香港，隨黨人入粵，事敗，殉焉。有遺詩七律四首云：

十年浪走天涯路，閱歷多時憂患深，
敢說處囊能見末，幾經入爨孰知音？
為懷家國頻揮淚，不了恩仇未稱心，
讀罷離騷三五遍，劍光燈影兩沈沈。

長鋏與歌一再彈，風潮滿目不堪看，
容顏秋柳幾輕瘦，氣節冬松儘耐寒。
祗有蟲聲伴長夜，都無人語勸加餐，
飄蓬本是平生慣，底事徒悲行路難？

倚欄披髮仰長空，劍影光芒貫日虹，

奮走風雷裏逸氣，悲歌涕淚泣途窮。
撫心常抱千秋恨，得志當為一世雄，
冷眼觀人回首笑，側身遙望莽蒼中。

無端瞬息到中秋，歲月催人觸景愁，
一世繁華空眼底，千秋歌哭上心頭。
情天有憾何時補？恨海無聲永夜流，
聞道飛仙能縮地，借他奇術到瀛洲。

陳更新，號鑄三。乙巳東渡，研究軍事學於日京之兵事講習會。從某君習炸彈。返國後，發明火藥水。卒業於要塞學堂砲科，經部試得協軍校。三月晦日之役，從攻督署，鎗無虛發，為所格殺者甚夥。詩詞俱有佳句，如〈感懷〉云：「落拓經年世味諳，茫茫塵海幾奇男？可憐病骨如柴瘦，尚聳雙肩代負擔。」〈偶題〉云：「料峭春寒動酒悲，劇憐貧病過花時，傷時愧比陳同甫，落魄何如杜牧之，末路知交三尺劍，滿腔熱血兩行詩，頭顱拍拍羞無價，三十當前好自為。」「冠蓋當前半沐猴，漫天陰靄動人愁，由來尚氣經成病，底事懷才總抱憂，入夢有歌思易水，上弦無調不涼州，乾坤正氣消磨盡，昔日將軍有斷頭。」〈過洪王舊壘〉云：「此地原來古戰場，漢家草木尚蒼蒼，至今舊壘依然在，空對河山憶漢王。」「剎那大業付飛塵，荊棘藤蘿尚自春一夜腥風兼瘴雨，中宵頻起不眠人。」「事業都如宿霧消，行人到此悵停橈，老大不忍銷奇氣，化作危鋒與怒潮。」〈病中・南柯子〉云：「長見陰霾重，難逢朗霽時，羈愁如醉復如癡，閃閃孤燈猶恐鬼生疑。去日終難駐，前程望可期，奮飛欲作病偏滋，可憐夢魂猶自繞征旗。」〈閨怨・臨江仙〉云：「日暮闌干翠袖薄，東風吹冷胭脂，梅花如雪柳如絲，滿庭春意透，脈脈對芳時。黯淡閒愁傷錦瑟，黛痕嬾上雙眉，娉娉嫋嫋漫矜奇，明珠誰相贈？慰我可憐兒。」

學士屈為勤務兵

黃埔軍事政治學校有譯書處，皆海內負重望通外國文字者主其事，尋常司校勘整比，亦為少校，所以示崇文也。其取材多為外國軍事學家之著作。四川羅科長亦一健者主譯《歐戰之心得》，書為英官陸軍現役官，自述其歐洲大戰中之經歷與其意見，尤注重於連排教練之基本工作，於厲兵秣馬之事，頗有攻玉他山之益。羅君日從事焉，孜孜兀兀，絕不稍忽。一日，有勤務兵甲在側，口喃喃然，有所語。羅君曰：「若何事在此？」甲曰：「見科長譯書，似有誤，故思維而研究之。」羅君曰：「若亦通英文歟。試指誤處為余言。」甲即摘數語而校正之，並滔滔述文法上之慣例，頗有根柢，絕非信口胡柴。羅君異之，詰其何由知之？甲出袴袋中白紙相眎，展之，則北京大學文學士憑證也。羅君曰：「憑證姓名與若異何也？」甲曰：「僕初聞此間求才若飢渴，又以有親串在，或得一當，因挈妻孥襆被南來。豈知親串已他適，此間無一相識，不得其門而入，旅資漸竭，無以生活。適貴處招勤務兵，因思譯書處與尋常軍隊異，雖為下役，當無甚艱鉅，得一進身之階，或有剝復之機，因變姓名而投效焉。」羅君曰：「若何不以真姓名報聞，附以憑證，不難得上官之青眼也。以此資格，盍處袴袋中，毋乃不智。」甲嘆曰：「僕籌之數矣，今日尚論資格耶？古人云，名士值幾錢一斤。今於資格亦云然，與其辱沒我真姓名為廝養，何如另換一面目？任人之牛馬呼我耶？」羅君慨然，以振拔自任。甲謝曰：「知己之感。沒齒不忘，惟求勿遽以此隱為人告，否則僕無顏見夥伴也。」復取文學士之憑證，歸諸袴袋，奔走執役如故，無第二人知之者。越日，羅君果為介紹於某鐵路，為中級職員。其夫人亦通文字，任小學教師以佐之。於是學士屈為勤務兵之佳話，稍稍流於外。

栗

梁溪吳觀蠡君邀嘗桂花栗子，余弟見之笑曰：吳君小覷蘇州矣，豈蘇州並桂花栗子而無之，必跋涉八十里以求於梁溪耶？余曰：否！否！蓋吳君所謂桂花栗子者，栗子天然有桂花之香，不必如蘇州之加以桂花，釀成蜜漿，然後香而甘也。聞產惠山下，其殖不繁，有贋鼎，便如常栗。前年余在梁溪，已逾中秋，猶未上市。其後齊盧構兵，倉皇返里門。終未得嘗，一飲一啄之微，亦有緣法在也。

杭州諸山多栗，雜生樹叢，其色綠，有毛茸茸如刺蝟。裹數重之報紙於手，然後去之。其實或一或二三多至四五。小者曰茅栗。即莊子「狙公賦芧。朝三而暮四」之芧。芧從草從予，今讀余，且有誤為「芋」者，陸機詩疏辨之甚明。宋書謂茅栗為栗之原種。然只宜於生吃，不宜熟炒。往者同學三五，課餘無事，輒走山陰，以索得多少賭勝，此樂不可再得矣。今之陳於糖炒栗子之攤者，皆曰「良鄉」。良鄉在天津之南，某年秋遊魯，去良鄉不遠，市上小而薄殼之栗累累然，皆南方所目為奇貨之良鄉也。然彼中人不知糖炒，且不知其妙處在「熱」，熱斯糯，冷則硬而無味矣。故名物之須經人工調製者。往往產地不如他方也。

童時嬉戲，有隱語。如戒尺打手心曰喫馬蹄糕；以手擰面頰曰喫肉餃；而喫爆熟栗子，則屈其食指猛鑿其額也。爆熟栗子係以栗置火灰中，片時間聞畢剝聲，則已熟矣。香味獨絕。冬令吾鄉有銅腳鑪，中燃火灰，頗便利用。此法歐陽水叔亦喜為之，有詩為證，曰：「晨灰煖餘杯，夜火爆山栗。」則以火灰作燉酒爆栗兩用也。

清世說

《越縵堂日記》頗多京國雋聞。光緒中戶部請裁八旂孤寡養贍錢粮，及兵丁養育銀，員外郎文悌主事施典章主稿，而尚書閻朝邑定其議，後為內閣侍讀學士延茂所劾，文施乃請假求去，朝邑嘆曰：「我躬不閱，遑惜爾躬。」

中法之役，張佩綸蒙面先逃，而何子峨繼之，都下為之對曰：「堂堂乎張也，是亦走也，伥伥其何之？我將去之。」

又有集唐一聯，嘲閻丹初、張子青、烏少雲、孫萊山云：「丹青不知老將至；雲山況是客中過。」

同治中王慶祺在廣海樓唱戲，為穆宗微行所識，引為供奉。王日寫里俗曲本及市畫春冊以獻，後穆宗患天花，不治，或云即今日風行之楊梅瘡，因之部下有聯諷王云：「弘德樓，廣德樓，德行何居，慣唱曲兒鈔曲本；獻春方，游春冊，春光能幾？可憐天子出天花。」

又有譏閣朝邑謝授戶部尚書，及內閣對法和戰莫決事，撰聯云：「辭小官，愛大官，自盡供招王介甫；舍戰局，附和局，毫無把握秦會之。」

今北平朝會，有如陳夢，一掃而空，大快人意，讀此如逢白頭宮娥，彌有迴味。

詩家谷歸客談

東海碩士從美利堅名城詩家谷（編按：今譯芝加哥）返，縱談見聞，頗足一快。詩家谷為美利堅第三大城，與紐約、華盛頓為新大陸之福祿壽三星，其繁華奢侈之風，日盛一日。蓋地在中央，舟車於此轉途，食貨於此遞運，東方人十多停躅遊憩，故彼中人對於東方有特殊之情感。以前麻雀牌不脛而走新大陸，亦以詩家谷為大本營。近復有一新流行品，即山東之氈毯是也。以山東氈毯有三大特色：（一）價廉，僅及美國製者十之一二。（二）圖案有東方色采，如山水人物花卉禽獸俱有。非若美國製者只是方形之花紋耳。（三）鬆軟，有此三因，復以美利堅人近今心理之東傾，於是此山東氈毯，乃源源而涉重洋以去矣。然美利堅人一種研究與嘗試之能力，不弱於日本，見山東氈毯如此風行。即從事仿造。昨今兩年聞已不能如前者之暢銷，恐不久復將如麻雀牌之見拒於千里之外矣。

詩家谷盜風極盛，半途劫人之事，時有所聞，惟多為女子，往往載以摩托之車，疾馳而趨祕密之室，然後脅以勃郎林，施以非禮。蓋其目的似為一種性欲的恐慌，生活問題所造成之婚姻不自由，青年男子不能免此色情狂矣。聞其組織甚偉大與周密，不易破獲，故每日下午四時後，女子非有其偶為之伴，決不敢獨行踽踽於鬧市也。

市上汽車之多，較諸上海南京路之人力車且猶過之，汽車公司有專為駕駛者之指導與修理之人，往來市上。其胸前懸廣告曰：「專治汽車一切困難阻礙。」或「汽車有病，都來問我。」因之月獲二百美金者，即欲得一汽車。且可按月分期繳費，更不必端正躉款，最便宜者只需三百美金左右耳。罷工風潮，時時有之，然以勞資兩方俱能諒解，故不久即可解決。汽車大王最得工人之愛戴，彼福特卡公司中，從未有波瀾之起伏。因彼能散其財以予工人以利益，如工人之衣食住，皆有消費公社，凡為工人，向彼所經營之其他商店中購取物品，特別減價，其餘如醫藥及娛樂，並推而及於工人之親屬焉。

詩家谷有一著名之產物，為中國人所習知者，愛而近廠之錶也。聞廠中有一廣東人，已能明白一切奧竅，惜無大資本家，不能招之歸國，為中國破天荒之事業。中國人製計時之器，由來極古，今鐘錶店中尚有紅木框之大擺鐘，即廣東人所製。推於錶之製造，則殊少其人耳。

八千里行雲踏月記

董君巽觀嘉興人，與余弗相識，然知余名，且知余僦居蘇州，而不能詳其地。八月二十七日就吳苑茶寮問訊，賣報人為告之，董君乃驅車枉顧，一見如舊，即滔滔逑從徵瑣碎。憶岳少保〈滿江紅〉詞，有「八千里路雲和月」之語，而董君從征於粵，而湘而鄂而贛而皖而蘇，復將返於浙，其地程蓋已逾於是。至於行雪踏月，手足胼胝，尤不勝其勞瘁也。

董君言，僑粵三年，能作粵語。而於粵之土產美惡，尤喜細味。荔子最甘，皮薄如紅綃，肉腴而液溢，誠有如白樂天〈荔枝譜序〉所云。以視江南所啖，何異街頭吐棄之餘，宜乎蘇東坡之願日啖三百個也。有腰圍碧絛，鮮過翡翠其名「玉帶」，則更佳，江南人夢想所未及矣。有地曰荔枝灣，兩岸樹枝交接，如張碧幄，可以泛舟其下，惜乎只能仰看纓絡，因流水污黑，發惡臭，殊弗相稱。余笑曰：「此與我家門外相似，然大樹槎枒，絕無纓絡耳。」復言，夏令無西瓜，即偶從外江至，其價奇昂。前年曾購一瓜，費銀二餅。然有洋桃，大如茶甌，汁多而甜，可以解渴，固不復作鎮心想。廣州公園有奇樹，葉如柳而硬，其姿態有難以形容之妙。坐其下者，輒悠然起思鄉之念。一粵友問君，坐久知此樹之美乎？君即以所感者告之。粵友曰：此「相思樹」也，他處未之見。紅宜生南國，何嶺南相思種子之多也，殆以僻處海澨，古人以為終天之南，作客是邦者，每以舟車難通，不能常歸故鄉，於是以此樹此豆，託體相思，俾顧名思義，而勾起鄉思歟？粵婦耐操作，公園中掃地剪草洗菡，皆婦役也。且其工作絕不草率，殆有過於男子，每見一婦人，荷大擔重達三四百斤，度山越嶺，無難色。

嘗與友人八月過大庾嶺，見梅花已含苞欲吐。嶺故無路，張九齡守韶州，始開之，今遂成湘粵間孔道。山有廟，祀九齡，所以歌其功德。其友口占一絕云：「雲影依稀雁影離，北枝一樣似南枝，兩行清淚關河道，正是梅花欲放時。」蓋念其弟在江南也。而南枝已落，北枝方開之說，全出附會。湘中女子初聞革命軍至，醉心欲沸，咸有非軍人不嫁之願，一時兒女英雄之佳話，傳遍細柳營中。

至贛則更甚。有並婚媾儀式而去，戀愛自由，達乎極點。在贛曾至婦女協會，力揭賢母良妻主義，為群論所難，蓋已風靡一世矣。某日至南昌，覓飯店不得，偶見一肆，可以下麵，乃登其樓，召侍者問價。曰，有一千二百者，有二千者，有四千者。時一銀餅之兌價為五千六百，念一千二百。不過當銀二角餘，或不甚出色，執兩用中，乃命製二千者。少頃麵至，油膩刺鼻作惡，碗積垢如畫，肉絲三數，有若稀髮之覆禿頂，望之生怖，不能下咽。適有客至，亦索麵，即贈之。並問客有較勝此否？客云此間不過爾爾，惟某處有一茶食店，為蘇揚名手，製乾點心頗有聲譽，盍試之。如言往，觀其所列，亦無佳製，惟玫瑰猪油糕。頗類蘇滬所製。兩方塊如掌大，索一元二角。以飢，不復惜錢購之歸，示同儕，皆詫為奇昂。若在蘇滬，不過三四角耳。

曾登龍虎山，時天師以下俱他適，殿陛廓如，惟遍張標語，以代符籙。然其規模，略似玄妙觀。所傳種種異跡，俱無據。聞天師起居極奢侈，蓋無異一世家子弟矣。且蓄姬妾，何有於養性求道耶？

《孽海花》

曾孟樸《孽海花》寫侍郎寶廷狎江山船妓事有聲有色，李蒓客《越縵堂日記》有可為參證者：「光緒八年十二月廿九日邸抄：『上諭：侍郎寶廷奏，途中買妾，自請從重懲責等語。寶廷奉命典試，宜如何束身自愛，乃竟於歸途買妾，任意妄為，殊出情理之外，寶廷著交部嚴加議處。』寶廷素喜狎游，為纖俗詩詞，以江湖才子自命，都中坊巷，日有蹤跡，且屢娶狹邪，別蓄居之，故貧甚，至絕炊。癸酉典浙試歸，買一船妓，吳人所謂花蒲鞵頭船娘也。入都時，別由水程至潞河，及寶廷由京城以車親迎之，則船人俱杳然矣，時傳以為笑。今由錢唐江入閩，與江山船妓狎，歸途遂娶之，鑒於前失，同行而北。道路指目，至袁浦，有縣令詰其偽，欲留質之。寶廷大懼，且恐疆吏發其事，道中上疏，以條陳福建船政為名，且舉薦落解閩士二人，謂其通算學，請特召試。而附片自陳，言錢唐江有九姓漁船，始自明代，典閩試歸，至衢州，坐江山船，舟人有女，年已十八，奴才已故弟兄五人皆無嗣，奴才僅有二子，不敷分繼，遂買為妾。明目張膽，自供娶妓，不學之弊，一至於此。聞其人面麻，年已二十六七。寶廷嘗以故工部尚書賀壽慈認市僧李春山妻為義女，及賀復起為副憲，因附會張佩綸、黃體芳等，上疏劾賀去官，故有人為詩嘲之云：『昔年浙水載空花，又見閩孃上使查。宗室八旂名士草，江山九姓美人麻；曾因義女彈烏桕，慣逐京倡吃白茶，為報朝廷除屬籍，侍郎今已婿漁家。』一時傳誦以為口實云。」

於此可知清季官箴之弊，然在民國，娶妓為妾，幾成慣例，所謂田舍翁多收十斛麥，便思易一新婦，此風已不自今始。蕁客醜詆之，自亦納張、席二姬，所不同者非倡門耳，則蕁客未免責己恕而責人嚴矣。後寶廷奉旨革職，光緒十年內閣學士尚賢保薦人才，引寶廷，上諭：「至已革禮部侍郎寶廷，前因差次不自檢束，厥咎甚重。……該學士率請將該革員等量予起用，殊屬冒昧，著傳旨嚴行申飭！」自此此風流貴胄，永遭擯棄矣。

夢中夢

「醒來說與家人曉，不想依然在夢中。」余每睡必有夢，夢境離奇變幻逾於人世，醒來每失憶，殊為悵惘。惟某夕一夢，實奇絕為生平所未遘。黃昏飲酒友人家，及夜午始歸，酒病燥，故因乾而覺，轉側不能入睡。迨天色微明，始有倦意，而朦朧間，耳畔似有風，風雖不大，而呼呼有聲。且若有針芒刺余耳，稍動即奇痛，以手捫之，果有兩針，已貫耳，拔而視之，則普通之外國別針也。置枕畔，將以明日示家人。忽耳痛復作，欲再去之，而兩手似加束縛，不能舉，呼人來，喉間亦格格不能吐，用盡平生氣力，狂喊救命，乃得內子之來助，脫然若釋，方知為夢。檢枕畔並無別針，惟有軟木之瓶塞三四枚，相與大笑。於是逢人告訴，引為奇事。

余友徐平階聞之，且謂余述夢中作詩事，出一畫冊相示，冊中人皆栩栩活，亦不以為異。同行於道，涉小溪，遇雨，終乃止於一室，以為體甚憊，可以小休矣。不憶為何聲所驚而醒，方知嚮之種種，仍在夢中也。再檢枕畔，軟木瓶塞亦失所在。問內子曾聞余呼救命否？內子曰，未也。惟天明後，工廠放氣聲嗚嗚時，似聞君有呻吟聲甚細耳。乃恍然於風聲呼呼，即工廠放氣聲之變也。嘗見某外人著書述夢，言夢中所遘，有時與真實境界相應，彼曾夢行於路，為自由車所撞而倒，醒時則桌上鬧鐘錚錚作聲，猶未已，與夢中所聞自由車聲相肖。則余之聞風聲實為工廠放氣也。

蓴

蓴一作蒓，又稱水葵，蓋萍之一種也。以嫩滑可以為羹，張季鷹因見秋風起，思吳中菰菜蓴羹鱸魚膾，遂命駕歸。以微物而去其大司馬東曹掾不稍戀，蓴遂為高人逸士所重，與陶淵明東籬佳色，並稱空山隱侶矣。蓴鱸成一典實，獨遺菰菜，文人之割裂，菰菜之不幸也。江浙間湖澤多產蓴，惟吳江城東龐山湖所產紫背絲細瘦，與他處白背絲粗肥者，風味有別。

余友許盥孚《話雨蓬叢綴》云：「宋楊萬里有〈詠蓴〉七律一首，明李長蘅曾取入畫圖，作長歌紀事。錢塘梁舟山、嘉禾曹仲梅題詩稱賞。後武林余秋實為吳郡正誼山長時嗜蒓向龐山湖徐振之索之，至夏初，蒓已不生，秋實仍索不已，振之乃倩夏茝谷繪蓴成圖冊以報。秋實為題『秋風鄉味』四字，又繫以詩云：『兩槳凌晨逐浪開，筠籃輕載綠雪來，柔絲溫帶龍涎滑，香葉青分翠荇胎；雅尚欲書高士傳，清標羞伴美人杯，阿誰未醒塵勞夢，甚欲憑君一喚回。』一時屬而和者數十家。振之復搜羅前人名作，彙成一帙為『鱸鄉物產』，藝林傳為佳話。春日買棹看江村春台戲以蓴羹佐飯，可以急下數盂。故吾鄉鄭瘦山有『一箸蓴香擁楫吟』之句，頗能狀其妙趣。二月蓴初生，三月多嫩蕊，秋日雖亦有之，顧不及春蓴之鮮美，故因秋風而動念，不過季鷹之託詞耳。」

蓴之產地不廣，故嗜者甚少，且有不識為何物者，有疑而不敢下箸者。西湖佳饌，宋四嫂醋魚外，當推蕁羹，惟黏液去之殆盡，減其柔滑，殊不及吾鄉所製。江城及瀕湖諸鄉，每值春仲清晨，荷擔呼賣蕁菜者，悠揚相接。秋初則多掉舟問售，年來吳郡中亦有此聲矣。採蕁者多在晨光晞微時，春寒料峭，揎臂赤足，頗以為苦。與採蓮採菱，同為江村兒女子工課，若得詩人點綴，當亦有旖旎風光也。

俞曲園晚年居湖上，嘗謂：「吾能喫筍，不能喫蕁菜，蓋吾殘牙零落，僅存者八，而上下不相當。蕁絲柔滑，入口不能捉摸，不如此鈍根，猶可咀嚼也。因口占一詩云：『尚堪大嚼貓頭筍，無可如何雉尾蕁，吾齒居然仲山甫，剛柔茹吐不同人。』」

古之徑賽

「徑賽」之名，來自東瀛，於我中國允稱競走。考之古籍，無可託始，惟元楊瑀《山居新話》有類似之事云：「皇朝『貴由赤』，每歲試其腳力，名之曰『放走』，監臨者封記其髮，以一繩攔定，俟齊，去繩走之。大都自河西務起至內中，上都自泥河兒起至內中，越三時行一百八十里，直至御前。稱萬歲，禮拜而止，頭名者賞銀一定，第二名賞段子四表裏，第三名賞二表裏，餘者各一表裏。」

「貴由赤」蒙古名詞，意謂急足快行也。三時，六小時也，以六小時行一百八十里，每小時可行三十里，雖汽船亦不能及，非神行太保，曷克至此？是必作者言過其實。譬如今日，自蘇至滬，大約適當於當時「放走」之行程，而特別快車亦須兩小時可達。人力可以及特別快車三分之一，其誰信之？古人記述，往往但聽傳說，不加深考，而於科學常識，更形幼稚，於此可見一斑。元人崛起漠北，於武事特重，入主中國以後，漸見頹廢，更以不工政治，享樂弗久。然此八十餘年，中國文化，受其影響者甚巨，「放走」之舉，後未聞有踵行，若著為例，久舉不廢，則中國徑賽之成績，必能握世界牛耳無疑也。

《儒林外史》之作者

金鶴望師為《安徽通志》撰人物志若干卷，於《儒林外史》作者吳敬梓，亦為撰傳以表其行。大概可別為安貧與嫉俗二端。

其言安貧云：「襲祖父業，有金二萬餘，素不習治生產，性復豪上，遇貧即施，與文士輩往返，飲酒歌呼，窮日夜，不數年而產盡。」於此可知敬梓由於濟人，與夫好交遊徵逐，其曠達之懷，有古名士風。又云：「乃移居金陵城東之大中橋，環堵蕭然，擁故書數千卷，日夕自娛，窘極則以書易米。或冬日苦寒，無酒食，邀同好汪京門樊聖口輩五六人，乘月出城南門，繞城堞行數十里，歌吟嘯呼相應和，逮明，入水西門，各一笑散去，夜夜如是，謂之『暖足』，循城而走以取暖。大有狂態。一笑而別，當有無窮涕淚咽入肚裏也。」又云：「方秋霖潦三四日，麗山（程晉芳有族伯祖曰麗山，與有姻連。）告諸子曰，比日城米奇貴，不知敬梓作何狀？可持米三斗錢二千往視之。至則敬梓不食二日矣。然敬梓得錢，則飲酒歌呶，未嘗為來日計。」今朝有酒今朝醉。明日無錢明日愁。敬梓有焉。

其言嫉俗云：「生平見才士汲引如不及，獨嫉帖括士如讎，其尤工者尤嫉之。」有此等胸襟，寫《儒林外史》，宜其刻畫如禹鼎秦鏡魑魅魍魎，無所遁形矣。而於帖括之士，尤不稍假借。蓋平時接觸已多，觀察自深切也。而有清一代科舉所造就之迂儒習氣，從來未有抉摘而書者，敬梓此作，可謂發天地之祕。故道貌岸然如曾滌生，亦因名盛而一讀於祁門軍次，許其雖小道可觀也。其記結局之慘，為之扼腕：「乾隆甲戌，……先數日裒囊中餘錢，召友朋酣飲，飲既醉，乃高詠杜牧『人生祇合揚州死』之句，欷歔泣下。敬梓既歿，其同年王穀原又曾適客揚州，告轉運使盧見曾殮而歸其殯江寧，享年五十有四。」

偶憶亡友李涵秋、畢倚虹，俱揚州籍，擅說部，殆得敬梓餘緒。而末路之迍邅，尤相若。文人多窮，殆已成不可倖免之公例矣。鶴望師撰此傳時，曾垂詢及其生平。余之所知，不如其詳。即治小說史者，亦多略焉。師謂：「又仿唐人小說為《儒林外史》五十卷，窮極文士情態，世爭傳之。」實則其體仿自宋人平話，與唐人傳奇絕不相類。至於學校採為教本，同於聖經賢傳，豈於此者嗇於彼，敬梓在地下，當為破涕一笑也。

楓橋詩訟

蘇州勝地，以楓橋最平澹而最擅名，日本人來華，必一至其地，蓋張繼一詩為日本人所傳誦也。清季寒山寺僧私貨鐘於日本人，夜半遂無清越之醒夢聲。程雪樓葺寒山寺，知之，與日本領事爭，彼乃新範一鐘以應故事。日本人之攘占，無微弗至如此。楓橋以楓樹得名，然至今幾無一樹可睹，而天平紅葉，反呈奇豔。

唐詩人之詠楓橋者，杜牧之實較先，詩云：「長洲茂苑草蕭蕭，暮烟秋雨過楓橋」，後之言楓橋者，輒引張繼而不及牧之，傳不傳亦幸不幸耳。惟張詩淺近，老嫗都解，又音節瀏亮，可以歌唱，宜其遠也。顧王端履《重論文齋筆錄》以為此詩律法未免太疎，首句不敘明泊舟夜宿之由，則次句「對愁眠」三字是對誰愁而對誰眠耶？並為改易云：「羈客姑蘇乍繫船，江楓漁火對愁眠，鐘聲夜半寒山寺，月落烏啼霜滿天。」余謂端履太苛求，此詩只妙在渾成，愁字乃抽象名詞，不必定有所指，所謂秋心也。凡詩人入畫境，自有一種愁緒，如端履所作，雖有頭有尾，似反不及原詩有不脫不黏之妙也。

端履又言：「江南臨水多植烏桕，秋葉飽霜，鮮紅可愛，詩人類指為楓，不知楓生山中，性最惡濕，不能種之江畔也。此詩江楓二字亦未免誤認耳。」似亦近於武斷，唐詩：「楓落吳江冷。」吳江全境無山，豈亦誤烏桕為楓歟？況烏桕粗枝大葉，與楓絕不相類，縱詩人非盡博物，當亦不至認鹿為馬如此。無怪有考據者，謂江楓實有二橋，今之楓橋相近處，尚有一江橋。愁眠乃為山名。其實吳下多楓，前人言之舊矣，江淹詩：「吳江泛丘墟，饒桂復多楓」可證，所謂吳江不僅指吾邑，舉凡松江蘇州皆得稱之，蓋指吳淞江之上流也。

辛亥中秋前數日，余方讀書草橋中學，侍胡石予師夜遊楓橋，時斜月在天，村龐不吠，幽靜如入空山，走叩寺門，僧驚怖疑有不測，告以來聽鐘聲，始恍然笑吾輩好事，撞數聲，似別有禪味，柝聲隱約，可辨夜半，然已非張繼所聞之古鐘聲矣。至半夜寺鐘亦聚訟紛紜，以宋王楙折衷之言，最為入理，彼云：「所謂半夜鐘，蓋有處有之，有處無之，非謂吳中皆如此也。」余謂惟其偶爾聽得，乃饒詩意耳。程氏去，寺無人理，漸致毀敗，近葉遐菴發起重修，亦以張氏詩碑置破屋中有損觀瞻為言。

紅豆

虞山俞友清獲紅豆若干顆，分貽友好，並輯紅豆故事及題詠，為《紅豆集》，索余序，余寫舊時所填〈紅豆詞〉予之。

緣在十年前。曹澧蘭女士曾見惠兩顆也。里人龐欒龕從故都得紅豆十餘顆，勻淨無瑕，且細小如黃豆，作心形，串為項綀，為女孫飾，他處殊未易覯。陳康祺《郎潛紀聞》云：「東吳惠氏紅豆書莊，在蘇城東南冷香溪之北。先是東禪寺有紅豆樹，相傳白鴿禪師所種，老而朽，復萌新枝。周惕移一枝，植階前，生意郁然，因自號紅豆主人。僧自存為繪紅豆新居圖，主人自題五絕句，又賦〈紅豆詞〉十首，屬和者二百餘家。過吳門，必停舟瞻賞，傳至子孫，數十年來，鐵幹霜皮，遂有參天之勢矣。惠氏三世研經，蔚然為東南耆碩，餘事作詩，復風流照曜如此，洵令人追慕不置也。」

鶴望師謂紅豆書莊，在今葑門內唐家巷，李印泉先生首先訪得，已枯朽僅存二尺爛柯，此外無可彷彿。越日晤張仲復君，云其地今已歸渠所有，亦知為惠氏故居，而於紅豆枯朽之株，欲出諸泥土，配以檀座，似較能亘久。並云：其聽事舊有額曰亞紅軒，則為得自惠氏之主人所題。余謂若事葺理，可別建小亭，顏曰古紅豆亭。況足下能繪事，曷作紅豆山莊後圖，以修故事而拾餘韻，庶幾經師遺澤，斷而復續歟，仲復頗首肯，余深冀其言之早踐耳。

仲復又云，其地俗稱「冷水灣頭」，或文字好事，嫌厥名不雅，乃易以冷香之艷稱。蓋城東別無所謂冷香溪，且梅花絕跡，何來冷香？掠虎阜之美，同紅樓之謔，其言未嘗無理。

顧山吳念劬君聞余愛紅豆，乃寄紅豆大小六顆，並云所居去紅豆樹下（產紅豆處，即名紅豆樹下。）不過三數里，得之不甚難。惟光澤勻圓略欠耳。余喜吳君之多情，奉以小詩云：「廿年如一夢，紅豆與書俱，恍集延津劍，儼還合浦珠，縱非錢氏舊，聊勝惠家無，文字得知己，相思兩不殊。」

紅豆樹不常實，故可貴，顧錢強齋先生從鶴望師處得紅豆兩枚。下泥中，居然茁成小樹，惟不花耳。前年強齋歸道山，此樹亦枯瘁以死，若相殉者，亦一奇也。

某年遊虞山，訪友東唐，東唐去紅豆山莊匪遙，意欲跡之，友人曰，樹不常花，花不常實，去亦徒然，乃罷。歸填〈一萼紅〉詞云：「想當初柳絲新綠，綰住故園春。妾髮郎顏，卿泥我絮，溫柔了卻王孫。只剩得山莊一樹，二百年許見艷香痕。拋向吟邊，拈來酒角，已夠消魂。細認者般顏色，似乍垂綃淚，剛點朱唇。應是相思，相思舊主，低徊曾記承恩。收拾起柔情綺語，擒牢咽住不因循，可惜曲支偷度，又種塵因。」

碧螺春

茶之產洞庭山者，號碧螺春，綣曲如髮。前年余至東山，識某木商，曾見贈若干，云購自後山，碧螺以後山所產為最佳。產量不多；而求者過於供者，非預定不可。否則須向素稔者商之，或可分餉少許耳。

歸以沸水泡之，有茸毛浮甌面，蓋茶葉之至嫩者，往往有茸毛，未經火焙，乃能不脫。不甚濃冽，而清香沁人心肺，不甚苦澀，而回味有若諫果，自非他處新茶所及。

產時妙年女郎，摘嫩芽拈之使細，入之胸前布囊，與尋常採茶僅置諸筠籃中者不同。王應奎《柳南隨筆》云：「洞庭東山碧螺峯石壁產野茶數株，每歲土人持竹筐採歸，以供日用。歷數十年如是，未見其異也。康熙某年，按候採者如故而其葉較多，筐不勝貯，因置懷間，茶得熱氣，異香忽發，採茶者爭呼『嚇殺人香』。嚇殺人者，吳中方言也，因遂以名是茶云。自是以後，每值採茶，土人男女長幼務必沐浴更衣，盡室而往，貯不用筐，採置懷間。而土人朱正元獨精製法，出自其家，尤稱妙品。康熙己卯，車駕南巡，幸太湖，巡撫宋犖購此茶以進。上以其名不雅馴，題之曰『碧螺春』。自是地方大吏，歲必採辦，而售者往往以偽亂真，正元歿，製法不傳，即真者亦不及曩時矣。」

立夏見三新

吳中有諺云「立夏見三新」謂櫻桃，青梅，蠶豆也。顧《清嘉錄》云：「立夏日家設櫻桃，青梅，穞麥，供神享先，名曰；「立夏見三新。」蔡雲〈吳歈〉云：「消梅鬆脆鶯桃熟，穞麥甘香蠶豆鮮，鴨子調鹽剖紅玉，海獅入饌數青錢。」則並舉應時食物，初未加以區別，何者為三新也？《崑新合志》云：「立夏日家設櫻桃、青梅、麥、蠶豆、窨糕等物，飲燒酒，名曰立夏見三新。則與《清嘉錄》所言略同，惟就今日實際情形而言，似宜去穞麥而易以蠶豆，因蠶豆可以一煮而登盤饌，不若穞麥雖為新鮮產物，未能遽以膏饞吻也。」

櫻桃小而圓，有若珊瑚琢成，而艷紅勝之；又若紅豆，而嬌嫩過之，所謂嬌小玲瓏者是已。惟味極平庸，嚼之淡然如無物，只宜作眼底供養也。青梅苦而酸，余殊惡之，居鄉時常有以青梅拌白糖其上，較可食。往歲農村收穫豐，乘田事未舉，醵資招江湖伶人演春台戲，每見此物累累置筠籃求沽。三新中以蠶豆為最佳，吳江所產特腴美，過於他邑，蓋皮薄如繒而糯，肉細如粉而膩，個中人號為「吳江青」。若在初穗時，摘而剝之，小如薏苡，煮而食之，可忘肉味。余意若仿廣東豆藏諸罐詁，必能得美譽。惜三五日後，即易長足，皮堅肉硬，便減味矣。

沈朝初憶〈江南詞〉，分詠三新，狀物極工。其詠青梅云：「蘇州好，玉疊結梅酸，夢起細含消病渴，繡餘低嗅沁心寒，青脆小如丸。」其詠櫻桃云：「蘇州好，新夏食櫻桃，異種舊傳崖蜜勝，淺紅新樣口脂嬌，小核味偏饒。」其詠蠶豆云：「蘇州好，豆莢換新蠶，花底摘來和筍嫩，僧房煮後伴茶鮮，團坐牡丹前。」若令作客他鄉者讀之，當不勝蓴鱸之思矣。

蘇蔬

蘇州居家常吃菜蔬，故有「蘇州不斷菜」之諺。城外農家園圃，每於清晨摘所產菜蔬入市，善價而沽，謂之「挑白擔」，不知何所取義？城南南園土肥沃，產物尤腴美，庖丁亦善以菜蔬為珍羞之佐，如魚翅蝦仁，類多雜之，調節濃淡，使膏粱子弟稍知菜根味也。

春令菜蔬及時，市上盈筐滿擔，有號馬來頭者，鮮甘甚於他蔬，和以香豆腐乾屑，攙以冰糖麻油，可以下酒，費一二百錢，便能覓一醉矣。菜晒成乾，別有風味。用以煮肉，勝於其他輔品。

惟蘇州菜不及吳江菜之性糯，寧波製為罐頭之乾菜更遜。吾鄉多醃菜，我家文正公在蕭寺斷齏畫粥，齏即醃菜，蘇人至今稱醃菜為醃齏。枸杞於嫩時摘食，清香掛齒。而豆苗更清腴可口，宋牧仲開府吳門，曾題盤山拙菴和尚滄浪高唱畫冊云：「青溝闢就老烟霞，瓢笠相過道路賒，攜得一瓶豆苗菜，來看三月牡丹花。」即此。王漁洋《香祖筆記》載之。注云：「豆苗菜出盤山，盤山在河北薊縣西北，為京東勝地，不知北國豆苗，與蘇州豆苗孰美？」

薺菜吾鄉稱野菜，蘇州人則讀薺為斜字上聲，即詩經「誰謂荼苦，其甘如薺。」之薺。可知二千年前，已有老饕嘗此異味矣。薺菜炒鷄炒笋俱佳。有花即老，諺有「薺菜開花結牡丹」之語，則暮春三月，即不宜食。周莊每以醃菜與茶奉客，謂之「吃菜茶」，別成風俗。

蘇州人好吃醃金花菜，金花菜隨處有之，然賣者叫貨，輒言來自太倉，不知何故？且其聲悠揚，若有一定節奏者。老友沈仲雲曾擬為歌譜，頗相肖也。山塘女子稚者賣花，老則賣金花菜與黃連頭。同一筠籃臂輓，風韻懸殊矣。

杏壇花雨

東吳大學已故教授虞山黃摩西，驚才絕艷，一時無兩，識所謂安定君者，成衣者女，摩西一往情深，為之顛倒。安定君香消玉隕，乃撰長聯輓之，達二百餘字，當時振筆而下，告成不過二小時。而同字甚多，斟酌改易，十餘日始定。其詩常和韻，或用他人詩中韻，蓋素性不喜翻詩韻也，屬草既成，即錄諸帳籍中。後以狂易卒，其稿多散佚。

與摩西先生同講席者，有章太炎先生，兩人意氣相投，而太炎先生耿介不媚俗。先摩西去。摩西逝，梁溪稽健鶴先生繼之，所授文學史，即摩西舊輯。健鶴雅善修飾，與摩西之落拓不羈適相反。文字不如摩西之放，而謹飭有法度可循。所作同學會歌，至今猶弦誦焉。

癸酉夏朱稼秋先生以老病卒，稼秋猶及與摩西同事，主講哲學，詼諧入妙。前年秋，每飯必與余同席，時而清言有若揮麈，時而雄辯同於捫蝨，聞常至平橋下茶寮，與客茗話，亦侃侃動人。大學四年級同學屬撰輓聯，余擬之云：「經師兼具人師望，最難忘華髮飄蕭，麈譚玄妙；驪歌將作輓歌來，何忍見杏壇花落，絳帳春殘。」未加紛飾也。

天賜莊自成一區，自望信橋來，冬青屏綠，長垣迤邐，別有風格。若在秋深，緣壁而生之菱角草，殷紅如楓葉。而法蘭西梧桐黃葉亂飛，覺天然圖畫，勝於粉本也。其地故甚荒涼，按之志乘，似為盧師庵舊址。至今東吳之西，教師宿舍所在，猶稱盧師浜，可證。王佩諍兄《宋平江城坊考》，引〈吳門表隱〉云：「有邵某篤學敦行，盧雍之師，因名盧師。」數百年後，仍為篤學敦行之教，可謂今人不讓古人矣。

其西舊為姜家巷，源流不詳。其東城堞如障，濠流如帶，而鐘樓下阡陌縱橫，農作可睹，半村半郭，洵讀書佳境也。課後或球戲，或書趣，各適其適。近凌敬言兄習崑劇。從之者有大中學兩祕書及教授數輩，每值夕陽在山，一聲羌笛，幾拍紅牙，歌聲繚繞於林末，淵然起思古幽情。每不知其所以然也。

林堂古拙如故家貴邸，孫堂質樸，葛堂堅固，維格堂華適，子實堂靜穆，各具特徵。而余獨愛臨濠疏柳下，清空幽淡，可以讀書，可以休神，若建小閣，得卯飲微醒，晚茶快語，大佳事耳。

茗飲

蘇州人喜茗飲，茶寮相望，座客常滿，有終日坐息於其間不事一事者。雖大人先生亦都紓尊降貴入茶寮者。或目為群居終日，言不及義。其實則否，實最經濟之交際場俱樂部也。

茶即荼，見爾雅「檟苦荼也」。《飛燕別傳》云：「后夢見帝，賜坐，命進茶。左右奏云：『向侍帝不謹，不合啜此茶』。」則西漢時已有茗飲。《三國吳志・韋曜傳》云：「孫皓每飲群臣酒，以七升為限。曜飲不過二升，或為裁減，或賜茶茗以當酒。」則唐詩「寒夜客來茶當酒」之所本矣。《續博物志》云：「開元中靈岩寺有降魔師，教人不寐，人多作茶飲。因以成俗。」是則茗飲之習，亦印度文化也。

歐俗喜紅茶加糖，蓋病其苦也。然咖啡質膩重，加糖固當。茶質清洌，似不宜取甜。《茶餘客話》謂古人煎茶，必加薑鹽，則更不知有何美味？《物類相感志》云：「芽茶得鹽，不苦而甜。」此說未經嘗試，不敢信。余以為茗飲取其滌污除垢，加薑辛辣，加鹽苦澀，皆敗胃，甜可養胃，加糖固合於攝養，要不如清飲之爽口也。漁洋謂「茶取其清苦，若取其甘，何如啜蔗漿棗湯之為愈也。」其言至為痛快。

酒食徵逐，或嫌其華，乃易以茶話。此亦西方之習；而中土人仿之。其實則虛有其名，因未必有茶，即有之，亦未必皆舉杯以飲也。近年訂婚，或款親友以茶點，此則與受茶之誼相合。吳下舊俗訂婚，乾宅必饋茶於坤宅。《天中記》云：「凡種茶樹，必下子，移植則不生。故婦聘必以茶為禮，蓋意取繁殖，而兼勵貞潔也。」

舞場有茶舞，旎旖風光，別有意屬。大概舞必以夕，佐舞必以酒，今曰茶舞，則於薄晚行之，而舞客不必費香檳也。

鄉村間有闢兩三座賣茶者，諺所謂「來扇館」也。往往附以博局，為一方之蠹，余嘗謂此而不除，鄉村風紀無由整飭。今日言社會教育者，有民眾茶園之闢畫，因勢乘便，改善染濡，頗能扼要，惟須盡力向鄉村推展耳。

拙政園

拙政園在蘇州婁門大街，已零落有荒蕪之漸。然其間布畫，頗具邱壑。蘇州園林，大率以曲折宏麗相尚，而拙政園獨空曠有吐納消息。若稍事粉飾，可擅勝北城。園為大宏寺遺址，明嘉靖中御史王獻臣所營，文徵明待詔為之圖記。後其子以樗蒱一擲，償里中徐氏，徐氏亦不能終有，為陳之鄰相國所得。復加修飾，珠簾甲帳，烜赫一時。然相國居京師，十年未歸，雖圖繪詠歌，雅有林泉之樂，其實則園中一樹一石，亦未之見。及窮老投荒，穹廬絕域，黃沙白草，煢煢可憐，而其園已藉沒入官，為駐防將軍所得矣。

吳梅村〈拙政園山茶歌〉，感慨惋惜，蓋亦借題發揮也。《茶餘客話》云：「園中有寶珠山茶三四株，交枝連理，鉅麗鮮妍」，吳詩所謂：「艷如天孫織雪錦，頳如姹女燒丹砂，吐如珊瑚綴火齊，映如蟒蝀凌朝霞。」是也。聞諸父執，三十年前尚有一樹著花，某歲奇寒乃至凍萎無存，後代以小樹，亦不能久，從此寶珠山茶與拙政園無緣矣。

吳三桂盛時，其婿王永寧復從駐防將軍許攫得之，益事雕鏤，備極華侈，曾幾何時，永寧殂謝，三桂崩潰，園林重歸籍沒。康熙十七年改為蘇松道署，缺裁散為民居。其梓楠珹玏，皆輸京師，供將作，陳其年詩所謂：「此地多年沒縣官，我因官去暫盤桓，堆來馬矢齊妝閣，學得驢鳴倚畫闌。」則當時更形敗落，今已稍勝矣。從來園林，不易世有，然無有如此園之暫者。

園外有文徵明手植紫藤，花時累累如纓絡，莊嚴寶相。足稱吳中春事一勝。蕙蔭花園雖有之，殊不及其團簇。盛夏有早茶可飲，好鳥時鳴，古木下多涼風，亦足遣暑。惟吳市重心集中城南，而擁資財者僅知獨樂，否則濟以眾力，略加整刷，固城北一絕妙公園也。

元夜觀燈記

甲戌元夜貴池劉公魯折柬招飲，云有古鐙可觀。自廢太陰歷。燈市久衰，惟兒童猶執綉球燭，曳獅兔燈，懸走馬燈，略略點綴春光耳。去年曾與老友吳苣孫張燈設謎，今年則樂群社尚有此雅興。然來燈下構思者，殊不多。則吳下燈節，殊寂寞可念。公魯此約，賡廣陵之雅奏，響空谷之跫音，烏可不一踐之。至則公魯方嘯傲烟霞，半年不見，神采依然。案置書畫累累，舉室所陳，無一非古物，目不暇給，乃叩古鐙之名。

公魯謂：須於酒闌出眎，先一瞻雙忠硯如何？雙忠硯者，岳武穆硯與文山硯也。岳硯已見《兩般秋雨盦隨筆》，文硯為洮河石，按之冷氣澈骨。謝疊山有跋鋟其側，正氣浩然，令人肅然起敬。客畢至，入席歡飲，飲罷出楠木匣四，一貯建昭雁足鐙。公魯謂有新發見，歷來藏家未加注意，足趾間劃隸字二曰宣臥，鐙下劃隸字二曰東下，不知何義？意者出於當時宦者之手，記其置處也。一貯黃山第四鐙，與雁足鐙同其制，惟雁足之盤，中心尚有一小圈，黃山則無之，一貯汲紹家行燈，有蓋可掀，反仰適以插燭，而中空之腹，用於貯油，置燈芯，可兩用也。一貯永建吉羊燈，其制又同於行燈，為羊狀，仰羊頭使反，亦可插燭也。四燈皆古氣磅礴，而題識以雁足為最多。余以已近午夜，不遑細讀，歸來月色如畫，街市沈沈，屋角簷際，電炬亦黯然減色。若無響閭之古燈相對，清味醰醰，將不復知此夕為何夕矣。

六局

蘇州婚喪慶弔時，有所謂六局者，乃為不可或缺之執役，蓋若輩專業以謀生也，考之宋吳自牧《夢粱錄》四司六局筵會假賃條云：「果子局掌簇飣盤看果，時新水果，南北京果，海臘肥脯醬切，像生花果，勸酒品件。蜜煎局掌簇飣看盤果套，山子蜜煎，像生窠兒。菜蔬局掌筵上簇飣看盤，菜蔬供筵，泛供異品菜蔬，時新品味，糟藏，像生件段等。油燭局掌燈火照耀，上燭，修燭，點照壓燈，辦席立臺，手把豆臺，竹籠燈臺，裝火簇炭。香藥局掌管龍涎沈腦，清和清福異香，香疊香爐香球，裝香簇燼細灰効事，聽候換香，酒後索喚異品醒酒湯藥餅兒。排辦局掌椅桌交椅，桌凳書桌，及灑掃打渲，拭抹供過之職。」

今之六局，頗有變更，果子蜜煎有店舖可購。菜蔬歸菜館供應。油燭局香藥局所掌，大概屬諸茶擔。排辦局所掌，屬諸轎班，故雖云六局，已非完全舊制。惟今之所有者，往往為昔之所無，如築部，砲手，以及外執事（掮旗牌傘扇者）等。

然《夢粱錄》尚有四司，一為帳設司，一為茶酒司，一為廚司，一為臺盤司。蓋四司六局，相沿數百年，或存或廢，或併或兼，乃有舊稱而非舊制矣。六局人品既雜，而需索詐欺，無所不至，若非內行，必大喫虧。於是賬房乃成六局之領袖，主家賴以指揮開發，則又與《夢粱錄》所云：「指揮局分，立可辦集，皆能如儀。」「祗直慣熟，不致失節，省主者之勞也」，相合矣。

此外尚有一特別之組織，名轎盤頭，有地段方位，各不侵越，凡嫁女送妝奩，非經若輩手不可。於是任意索價，駭人聽聞，論價多於婚前一日，由執柯者代表乾宅主持，若執柯者口軟心慈，鮮有不受欺者。余友娶婦，估妝奩（指器皿）所值，不逾三百金，而轎盤頭得犒為一百二十元。王引才長市時，曾有廢除之議，卒以若輩生計攸歸，恐失業後更為社會之蠹，未敢遽行。然究為陋習，不可不廢也。

再生

生平不信鬼神，顧喜聽人妄言，有時鑿鑿有據，亦惟一笑置之，近頃得一事，則令余錯愕不能不嘆天下之大，無奇不有矣。日者歸故鄉，友人為余言吳江中學校長夫人鈕女士再生事，謂夫人病瘵，且以產後患傷寒，病益劇。醫生凌君與校長楊君譒，調護甚殷。鈕女士亦自知不起，臨終神志朗然，與楊君絮絮語家常甚備，伉儷至篤，死別自不勝悽惋。歷六小時始氣絕。陳尸廳事，舉家號啕。凌君以鈕女士胸次猶溫，未遽離，立尸側凝視。家人以病於瘵，恐傳染，以絲棉塞口鼻。凌君忽見絲棉微動，好奇心生，去其塞，以手按之，果有氣息。乃令止哭，竭聲呼之，竟微應，少頃且呻吟矣。於是皆大喜。鈕女士張目若夢醒，見不在寢所，衣服亦非常物，大驚異。家人以冲喜紿之，扶掖歸原處，竟得再生，前後亘兩小時云。叩以所見，茫然無他異。或言傷寒得大激刺，可不死。蓋風寒積蘊，經澡身易衣，如服大劑，可藉以發洩也。

教育局長張北湖君言，南潯有某甲，執事鹽公堂，患病卒，歷一日復蘇。則道幽冥事甚怪，云見一宰官，自言是總管，將他調，聞某甲能，欲舉以代。某甲力謝不敏，且陳家事未經摒擋，有所依戀。總管堅留。某甲念及同里某乙已故，資望相稱，舉之。總管曰：某乙以生前為巨室營建房舍，破平民家室，為眾所控，在縲絏。其子且被召證質焉。某甲惶急不知所答。總管云：予君三月復生，度可從容處置身後事矣。某甲方躊躇，總管已拂袖起。糢糊間即如大夢始覺。問某乙之子作何狀？偵之，則方大病未起，益大驚，然亦惟有聽天命耳。稍事調養，即霍然而癒，執事如故。三月後忽復病，雖百藥無治而卒。當時或叩某甲總管狀云：無異常人，且一切起居服飾與陽世同，其衙署亦無所謂牛頭馬面也。

兩事皆去今未久，言者皆不信鬼神與余同，而歷歷可證如此。一則無涉鬼神，一則有合於前人搜神志怪之作。殆以病者平日信心不同之故，蓋靈感作用心理學家所承認也。

祀孔鼓詞

孔子之享祀，已千餘年，五四運動，有打倒孔家店之口號而崇祀不衰，國民革命軍北伐，遂廢而不舉。寧漢合作，乃令復祀。今歲中央政府復定八月二十七日為孔子誕日，令全國團體機關，休息以示紀念，更見轉向。

十七年秋，余曾仿鼓詞。記蘇州祀孔之事，存之亦以見世變之一斑耳。詞云：「孔二先生在蘇州，好比那阨於陳蔡心擔憂。『打倒吃人的禮教！』標語，高貼在十字街頭。這塊冷猪肉有些兒難染指，還恐怕有意外的潮流。新學前的明倫堂，早成了市一校的束修，幾根挺大的楠木柱，將改作檯桌凳椅一筆鈎。本來那府學的明倫堂，也有人對著饞涎流，要把他改作幼稚園，也算是浴沂風雩的老話頭。八月裏上丁只有三人到，一個是探花郎保墓會的吳領袖；一個是翰林先生曹館長，一個是去職的工巡捐局蔣都頭，（炳章）他們自辦資斧登聖殿，鞠躬如也祭罷把祭品收，也沒個爛羊頭和剛鬣公，遑論那特牲獨享的一條牛，只有唱偌（吳下最小之蠟燭曰唱偌，言其時間短只夠唱偌也。）蠟燭空垂淚，一瓣心香比那富貴雲更浮。其餘的非但不敢參加，背後還在那裏冷言巧語把磚丟。孔二先生喟然嘆，三吳文物只叩了三個蟲窠顱（蟲窠顱為頭字之歇後語）。可是退一步兒想，或者告朔犧羊已到了盡頭，以後的將來，也覺得前途茫茫思悠悠。誰知寧漢合作便宜了二先生，聖誕居然重振旗和鼓，一百塊大洋援舊例，蹌蹌蹌蹌禮數周。市政處的教育科和吳縣的教育局，都由著長字號的人兒去叩頭，連那教會學校也息了一天休，這叫做禮失而求於夷，二先生可曾做過這好夢不？」

南洋勸業會

清沬南洋勸業會開幕於南京，省各有館，館之建築各呈其特色，如江西館為一螺旋形，而湖北館於陳列物產外，復置赤壁及黃岡竹樓之雛形。竹樓可以品茶，納小銀元二，得一壺，飲盡不復泡，臨行贈茶葉一小盒，遊是地者，輒喜其別有境界，與金碧樓台異其風趣，近見八指頭陀詩，方知此擘畫，乃出自詩人樊樊山之設計也。時樊山為江寧布政使，詩云：「與可胸中幾根竹，樊山千竿萬竿綠，仍呼此君造此樓，黃岡卻在鍾山麓。我欲借乘黃鶴遊，還留鶴背負黃州，飄然直渡南溟外，砍竹誰能更作樓？」

勸業會之創，彷彿迴光返照，又如臨去秋波，清社之屋，曾不一稔，然後此之會，遂無其盛，用是頗值迴想。民二就學民國大學（今中央大學附屬小學址）時，曾驅車訪其遺址，則號稱模範之勸業路，已如蘇州之青陽地，美人遲暮，同其可憐。而舊時建置，均無遺跡可尋，惟一紀念塔猶危立斜陽中耳。聞今已改置中央黨部，當更無片瓦半椽可供憑吊矣。

同南社

辛亥革命，里中少年負笈四方者咸賦歸去來歟，乃有讀書之會，其地為袁氏復齋，雅有林木之勝，在同里之南，故號「同南社」。或言慕南社聲名文物之盛，或言志在同於國風二南，皆非也。初僅六七輩，亘十年，達三百餘，著籍以江浙為多，文字之刊布者都十集，南社外，允以斯社為最悠久而最有微績矣。

社無長，主其事者余與徐稺稺也，自余遷吳下，乃告散歇。其間多執教鞭於各級學校，而以專長稱者，如孫時哲之於社會學，金侶琴之於經濟學，薛嘘雲之於童子軍，龐京周之於醫，趙漢威之於化學，凌誠身之於駕駛，沈銘書之於工程，陳子清之於畫，沈體蘭之於教育，唐忍菴之於新聞學，皆卓然可傳，爾時常熟有東社，阜寧有詩社，相與通聲氣。有郭竹書者，阜寧詩社之健才，近為蘇炳文將軍之祕書，轉輾至吳下，語其友吳聞天，謂與余有文字之雅，余已不復記憶，不速而來，相顧茫然，及說淵源，乃知當日曾以詩簡往來，固千里神交也。

血歷史151　PC0839

新銳文創
INDEPENDENT & UNIQUE

茶煙歇
——范煙橋的人生見聞

原　　著	范煙橋
主　　編	蔡登山
責任編輯	鄭夏華
圖文排版	楊家齊
封面設計	蔡瑋筠

出版策劃	新銳文創
發 行 人	宋政坤
法律顧問	毛國樑　律師
製作發行	秀威資訊科技股份有限公司 114 台北市內湖區瑞光路76巷65號1樓 電話：+886-2-2796-3638　傳真：+886-2-2796-1377 服務信箱：service@showwe.com.tw http://www.showwe.com.tw
郵政劃撥	19563868　戶名：秀威資訊科技股份有限公司
展售門市	國家書店【松江門市】 104 台北市中山區松江路209號1樓 電話：+886-2-2518-0207　傳真：+886-2-2518-0778
網路訂購	秀威網路書店：https://store.showwe.tw 國家網路書店：https://www.govbooks.com.tw

出版日期	2019年8月　BOD一版
定　　價	350元

Printed in Taiwan

國家圖書館出版品預行編目

茶煙歇：范煙橋的人生見聞 / 范煙橋原著；蔡
登山主編. -- 一版. -- 臺北市：新銳文創,
2019.08
面；　公分. -- (血歷史；151)
BOD版
ISBN 978-957-8924-60-4(平裝)

848.6　　　　　　　　　108011098

讀者回函卡

感謝您購買本書，為提升服務品質，請填妥以下資料，將讀者回函卡直接寄回或傳真本公司，收到您的寶貴意見後，我們會收藏記錄及檢討，謝謝！
如您需要了解本公司最新出版書目、購書優惠或企劃活動，歡迎您上網查詢或下載相關資料：http:// www.showwe.com.tw

您購買的書名：________________________________

出生日期：________年________月________日

學歷：□高中（含）以下　□大專　□研究所（含）以上

職業：□製造業　□金融業　□資訊業　□軍警　□傳播業　□自由業
　　　□服務業　□公務員　□教職　□學生　□家管　□其它_____

購書地點：□網路書店　□實體書店　□書展　□郵購　□贈閱　□其他

您從何得知本書的消息？

□網路書店　□實體書店　□網路搜尋　□電子報　□書訊　□雜誌
□傳播媒體　□親友推薦　□網站推薦　□部落格　□其他__________

您對本書的評價：（請填代號　1.非常滿意　2.滿意　3.尚可　4.再改進）

封面設計____　版面編排____　內容____　文／譯筆____　價格____

讀完書後您覺得：

□很有收穫　□有收穫　□收穫不多　□沒收穫

對我們的建議：________________________________

____

____

____

請貼
郵票

11466
台北市內湖區瑞光路 76 巷 65 號 1 樓
秀威資訊科技股份有限公司 收
BOD 數位出版事業部

....

（請沿線對折寄回，謝謝！）

姓　　名：＿＿＿＿＿＿＿＿　年齡：＿＿＿＿　性別：□女　□男

郵遞區號：□□□□□

地　　址：＿＿＿＿＿＿＿＿＿＿＿＿＿＿＿＿＿＿

聯絡電話：(日)＿＿＿＿＿＿＿＿(夜)＿＿＿＿＿＿＿＿

E-mail：＿＿＿＿＿＿＿＿＿＿＿＿＿＿＿＿＿＿